용을 삼킨

검

5

사 도 연　신무협　장편소설

ORIENTAL FANTASY STORY & ADVENTURE

dream
books
드림북스

용을 삼킨 검 5 독천(獨天)

초판 1쇄 인쇄 / 2014년 12월 3일
초판 1쇄 발행 / 2014년 12월 10일

지은이 / 사도연

발행인 / 오영배
책임편집 / 편집부
펴낸 곳 / (주)삼양출판사 · 드림북스

주소 / 서울특별시 강북구 솔샘로67길 92
대표 전화 / 02-980-2112 팩스 / 02-983-0660
편집부 전화 / 02-980-2116 팩스 / 02-983-8201
블로그 / blog.naver.com/dreambookss

등록번호 / 제9-00046호
등록일자 / 1999년 3월 11일

ⓒ 사도연, 2014

값 8,000원

ISBN 979-11-313-0116-6 (04810) / 979-11-313-0111-1 (세트)

* 지은이와 협의하에 인지는 생략합니다.
* 잘못된 책은 구입한 곳에서 바꾸어 드립니다.

이 도서의 국립중앙도서관 출판시도서목록(CIP)은 서지정보유통지원시스템홈페이지
(http://seoji.nl.go.kr)와 국가자료공동목록시스템(http://www.nl.go.kr/kolisnet)에서
이용하실 수 있습니다. (CIP제어번호: 2014034957)

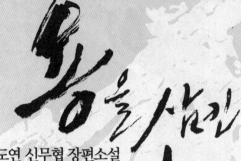

사도연 신무협 장편소설

ORIENTAL FANTASY STORY & ADVENTURE

5

독천(獨天)

dream
books
드림북스

목차

第一章

씨앗을 심다

싸늘한 바람이 분다.

장로들은 하나같이 믿기지 않는다는 얼굴로 무성을 보았다.

분명 이곳에 올 때까지만 해도 많은 생각을 하는 얼굴이 아니었던가. 그들과의 관계도 절대 나쁘지 않았다. 특히 백율은 정말 무성을 제자처럼 각별히 아꼈다.

"하……!"

석대룡이 길게 한탄을 토했다.

장로들의 마음을 모두 담은 탄식이었다.

하지만 그중 누구 하나 무성을 만류하지 않았다.

이건 무성의 선택. 그가 내린 결정이다.

무성과 백율 사이에서 벌어지는 일을 그들이 왈가왈부할 수는 없는 일이었다.

더군다나,

'달라졌다.'

어떻게 말로 표현할 수는 없지만, 그들의 눈에 지금의 무성은 방금 전의 무성과 완전히 달라 보였다.

무언가 커진 것 같다.

처음에는 그저 무작정 세상을 향해 부딪치려 하는 모습밖에 비치지 않았는데, 지금은 세상을 내려다볼 수 있을 만큼 커진 듯했다.

넓은 등.

꼭 젊은 시절의 누군가를 떠올리게 했다.

"무엇이 널 달라지게 한 것이냐?"

조철산이 가만히 중얼거렸다.

백율이 담담히 응시한다. 그러곤 웃는다.

전혀 당황하는 눈치가 아니었다.

'내 대답을 알고 있었어.'

무성이 무어라 말하려는데, 백율이 말허리를 끊었다.

"네 길을 가고 싶은 게로구나?"

"……예."

무성은 무겁게 고개를 끄덕이며 말을 이었다.

"저만의 하늘을 열고 싶습니다."

"너만의 하늘이라…… 내 하늘이 너무 좁더냐?"

"아닙니다. 넓었습니다. 세상을 모두 품을 수 있을 만큼. 저 역시 그곳에 들어가고 싶을 정도로."

"한데, 어째서?"

"당신의 하늘 아래로 들어가면 더 이상 나오지 못할 것 같았습니다."

무성은 쓰게 웃었다.

이 말은 진심이었다.

"아직 제가 부족하다는 것을 느꼈습니다. 그리고 여태 제가 보아 왔던 하늘은 정저지와(井底之蛙)에 불과했다는 것도 말입니다. 그걸 넓히고 싶습니다."

"네가 본 내 하늘이 너의 것이 될 수도 있다."

"하지만 그건 오롯한 제 것이 아니지요."

"그런가?"

백율은 작게 중얼거리더니 뒷짐을 졌다.

순간, 그의 입가에서 웃음이 사라졌다. 훈훈했던 분위기는 온데간데없이 만물을 굴종케 하는 위엄이 잔뜩 퍼져 나가 주변의 공기를 무겁게 만들었다.

마치 천지간에 홀로 존재하는 듯하다.

검존을 비롯한 수뇌부의 죽음에 경악을 하던 검룡부의 무사들은 여전히 백율이 대단한 기도를 뿌린다는 사실에 경악했다. 홍운재 장로들은 백율이 무슨 말을 할지 잔뜩 긴장한 채로 그를 주시했다.

"이곳, 검룡부 한가운데에서 무신이 선언하노라."

나지막한 목소리.

하지만 신기하게도 모든 이들의 귓속에 마치 속삭이듯이 똑똑히 들렸다.

"이 하늘 아래에 오로지 이 몸만이 진정한 지존임을 밝히니, 나의 업(業)을 이으려는 자, 필히 이 몸을 물리쳐 자신의 존재를 입증해야 할 것이다."

너무나 광오한 선언!

여태껏 강호에서 한 발자국 물러났다고 알려진 그가 스스로 군림의 길을 걷겠노라고 선언을 했다. 자신이 아니면 안 된다는 외침에 사람들은 모두가 숨을 죽이고서 쳐다봐야만 했다.

무성은 백율을 중심으로 휘감고 있는 희뿌옇고 붉은빛이 감도는 배광(背光)을 가만히 보았다.

그리고 긴장했다.

자신이 백율을 따르지 않기로 작정한 이상, 이제는 저

무서운 존재와 검을 맞닥뜨려야 할지도 모르기에.

                    *   *   *

독천(獨天)의 맹세!

자신만이 오롯이 하늘이라는 무신의 선언.

이는 강호에 존재하는 모든 이들에 대한 노골적인 선전 포고였다.

특히 그의 외침이 검룡부의 붕괴와 함께 이어졌다는 점에서 많은 무인들은 숨을 죽여야만 했다.

무신이 주화입마에 빠지거나, 더 이상 삼존을 당해 낼 자신이 없어서 칩거를 한 것이라 함부로 입을 놀렸던 이들은, 행여 무신의 그림자가 자신들의 목을 옥죄어 올까 전전긍긍해야만 했다.

하지만 무신이 천하제일인인 것은 세상사 모든 이들이 아는 바.

그런 그가 군림의 길을 걷겠노라 선언을 했다고 해서 크게 달라질 것은 없었다. 그저 언젠간 올 시기가 지금 도래했다고 여길 뿐이었다.

정작 긴장한 곳은 따로 있었다.

쌍존맹의 다른 한 축, 독존의 만독부.

음지를 지배하는 군왕, 살존의 만월야.

졸지에 삼존에서 이존(二尊)이 되어 버린 두 지배자의
세력권이었다.

*   *   *

사천은 '촉(蜀)의 개는 해를 보면 짖는다'는 말이 있을
정도로 항시 안개 낀 날을 자랑한다.

그래서 항상 뿌옇고, 흐리고, 어둡다.

촉하의 제왕이 사는 성도 한쪽은 더 그러하다.

남들이 당가타(唐家陀)라 부르는 곳은 당씨 성을 가진 이
들이 모인 집성촌이다.

편협하고, 옹졸하고, 이기적인 당씨의 특징 덕분에 당가
타는 언제나 문을 꼭 닫아건 채로 바깥과의 출입을 거부한
다.

한때 사천당문(四川唐門)이라는 별칭이 있을 정도로 **빼**
어난 영광을 드러낸 적도 있었으나, 독존의 치하가 들어선
이후로 폐쇄성은 더욱 강해졌다.

하지만 가장 어두운 곳은 따로 있었으니.

"두 아이들 중 아무도 연락이 되지 않는다고?"

하늘하늘, 갖가지 기화요초들이 바람에 살랑인다.

하지만 기화요초들이 가진 생김새가 심상치 않다.

분명 보석을 빚은 것처럼 형형색색 아름다움을 만발한다.

그런데 저 장강 이북 너머, 무신련의 대공자 문인산이 가꾸는 화원과는 비슷하면서도 무언가 달랐다. 문인산의 화원이 보는 이로 하여금 산뜻함과 상쾌함을 가져다준다면 이곳은 보는 이의 간담을 서늘케 하는 어두움이 있었다.

화원 위로 짙게 깔린 희뿌연 안개는 한 치 앞도 못 보게 만든다. 드문드문 안개 사이로 비치는 녹색의 발광 물질은 마치 도깨비불 같았다.

삼도천 너머에 존재한다는 저승의 입구가 이러할까?

특히 은근히 풍기는 향은 사람의 이지를 어지럽게 만드는 마력이 숨어 있으니. 마치 사내를 유혹하고 끝내 타락시키는 요부 같다.

당개선(唐凱旋)은 잔뜩 긴장했다.

서른한 살이라는 젊은 나이에 일족을 책임지는 가주의 자리에 올랐으나, 그는 여전히 조부님이 일군 이곳 요사원(妖邪園)이 도무지 적응되질 않았다.

요사원이 주는 갖가지 유혹과 환각에 넘어가게 되면 도무지 돌아올 수 없을 것 같은, 그런 위기감이 들었다.

"그렇습니다. 아무래도 북련의 놈들이 검룡부를 기습하면서 동정호도 한꺼번에 정리한 듯합니다."

당개선은 삼십 년 넘게 요사원에 칩거를 한 채로 밖으로 한 발자국도 옮기지 않는 조부님이 두려웠다.

가만히 앉아만 있어도 세상 사람들이 삼존으로 추앙하고, 강남에 산재한 밀림 지대의 독문(毒門)들이 스스로 찾아와 무릎을 꿇으며, 그들을 규합하여 당가타를 오늘날의 만독부로 바꾼 이.

그가 가꾼 요사원은 그 자체로 촉하의 중심이었다.

당개선은 그 중심에 홀로 갇힌 듯이 있는 것이다.

"아쉽군. 아까운 아이들이었는데."

기화요초 위로 깔린 짙은 안개 너머에서 흘러나오는 목소리.

그것은 저승을 관장하는 염라대왕의 것만 같았다.

'당신의 제자들을 두고 단순히 아쉽다는 말씀만 하시다니.'

당개선은 아랫입술을 깨물었다.

실종된 두 아이, 독사갈과 염호리.

독사갈 당회는 사사건건 자신의 자리를 위협하며 오만하게 굴어도 절대 미워할 수 없는 피를 나눈 형제였고, 염호리 목단영은 만독부에 없어서는 안 될 귀중한 모사였다.

특히 당개선은 유부남이면서도 남몰래 목단영을 사모하고 있어서 이번 일이 속 쓰렸다.

하지만 조부님에게는 그 두 아이가, 많고 많은 서른여 명의 제자들 중 일부에 불과했던 모양이다.

"없어진 인재야 다시 만들면 그만. 하지만 교두보가 무너진 것은 애석한 일이로구나. 하면 이제 어찌할 참이더냐?"

"무신이 야욕을 드러낸 이상, 바로 다음 목표는 본 부라 예상되어집니다. 그러니 저들이 이곳으로 오기 전에 먼저 적을 칠까 합니다."

"어떻게?"

"이미 상당수의 병력들이 도강을 해 큰 성과를 보았습니다. 특히 무신련의 중심부인 낙양은 무신이 없는 바. 이대로 여세를 몰아 곧장 낙양을 치려합니다."

검룡부가 무너졌다고 하나, 쌍존맹은 건재하다.

특히 쌍존맹을 구성하는 주요 전력은 대부분 강북에 위치해 있으니. 차라리 그들을 동원하는 것이 옳다.

하지만,

"아니. 그들을 모두 불러들여라. 즉각 연통을 보내어 당가타로 귀환하라 이르거라."

"조부님!"

당개선은 경악했다.

그러나 안개 너머에서 들리는 음산한 목소리는 거기서 그치지 않았다.

"줄 수 있는 기일은 열흘. 그 안에 복귀하지 못하는 이들은 본 부를 배신했다고 판단, 그들을 더 이상 본 부의 사람으로 여기지 않고 폐화령(閉花令)을 내릴 것이다."

"……!"

폐화령은 당가타의 최후의 보루다.

폐화, 꽃을 꺾는다.

당가타를 닫아걸어 외부와의 연결을 일제 차단하겠다는 의미였다.

이건 단순한 의미가 아니다.

당가타 주변 십 리에 극살독(劇煞毒)을 살포하여 풀 한 포기 날 수 없는 황무지로 둔다. 강과 우물에다 분명진(焚皿疹)을 흘려 모든 생명체를 말려 죽인다.

만독부에서도 극형에 처할 때만 만든다는 사혼멸지(死魂滅地)의 탄생이다.

사혼멸지의 영향은 십 년을 넘게 이어진다.

당가타 안의 사람들도 밖으로 나갈 수 없고, 밖의 사람들도 들어올 수 없게 만든다고?

도강한 이들 대부분이 멀리 나가 열흘 안으로 돌아오지

못한다. 사실상 목소리의 주인은 그들을 모두 버렸다고 해도 과언이 아니었다.

"그토록 무신이 두려우십니까?"

당개선은 아랫입술을 질끈 깨물었다.

언제나 조부님을 존경과 두려움으로 대했던 그였지만, 지금은 달랐다.

그는 당가타의 주인.

가문의 영광을 위해 저 멀리 나간 식솔들을 구해야만 하는 책임자였다.

"두렵다? 이 천하의 독존이? 무신이 두렵다고?"

공기가 무겁다. 좌중에 흐르는 짙은 안개가 가시가 되어 몸을 찌르는 듯했다. 기화요초들이 뿌리는 향기가 독이 되어 오장육부를 녹일 것만 같았다.

"그렇다면 어쩔 것이냐?"

당개선은 흔들리는 눈으로 고개를 들었다.

희뿌연 안개 너머, 정자에 앉아 이쪽을 보고 있을 조부님은 보이지 않는다.

"나는 놈이 두렵다. 갑자기 튀어나와 내가 가질 영광을 앗아간 놈이 두렵고, 강한 힘을 지니고도 수십 년 넘게 때를 기다린 놈이 무섭고, 이제 거침없이 달릴 놈을 생각하니 오금이 저린다."

"……!"

"검존, 그 멍청한 놈은 칼 몇 자루를 다루는 잔재주를 좀 만들었다고 해서 기세등등해졌지. 하지만 내 눈에는 죽지 못해 안달한 것으로밖에 비치지 않았다."

"……."

"내가 왜 쌍존맹을 만들었는지 아느냐? 무신을 잡기 위해서? 터무니없는 소리! 이렇게 내 주변에 엄폐물을 만들어 놔야 놈이 조금이라도 나를 건드리기 어려울 거라 생각했기 때문이다."

"……조부님!"

당개선은 아무런 말도 할 수 없었다.

언제나 흑막에 앉아 가문을 좌지우지하던 분이 이토록 나약한 말씀을 하시다니!

"너도 잘 들어라. 살고자 한다면 버텨라. 이미 우리는 놈에게 목숨을 구걸하기에 너무 먼 길을 왔다. 그러니 버티고 버텨야 한다. 우리가 가진 몇 안 되는 재주가 놈에게 흥미를 줄 수 있을 때까지."

당개선은 입안이 바싹 말랐다.

"다시 말해두마. 놈과 척질 생각은 절대 하지 마라. 버티고 또 버텨야 한다. 악착같이."

당개선은 눈앞이 캄캄해졌다.

조부님마저 이토록 단언을 하는 무신. 소문으로는 검존을 비롯한 검룡부의 수뇌부를 일거에 몰살시켰다고 한다. 과연 그에게 한계란 존재할까?

"하지만 무신이 폐화령을 건넌다면 어찌합니까?"

답을 구하는 손자의 질문에 있어 조부님은 한참이나 대답이 없었다.

일각에 달하는 긴 적막 후,

"그들이 올 것이다. 그때는 이야기가 달라지겠지."

당개선은 처음으로 희망의 빛을 보았다.

역시 조부님에게는 숨겨둔 패가 있었던 모양이다.

"그들이라니요?"

하지만 그 명칭은 당개선도 처음 듣는 것이었다.

"야별성."

　　　＊　　　　＊　　　　＊

까마득하게 떨어지는 낭떠러지.

어둠과 적막만이 짙게 깔린 곳. 절벽 끝에서 노란빛으로 반짝이는 도깨비불이 하나 톡 하고 켜졌다.

"밤을 장식하는 망자(亡者)들은 들으라."

음산한 목소리가 협곡을 따라 흐르는 바람에 실리며 메

아리가 되었다. 쩌렁쩌렁하게 울리는 목소리 아래로 붉고, 푸르고, 하얀 도깨비불이 하나둘씩 켜졌다.

그렇게 켜진 숫자가 물경 일천.

천여 개의 서로 다른 도깨비불이 어둠을 물리치며 일렁이는 광경은 과히 장관이었다.

"낮을 살아가는 자들이 선언하였다. 우리들이 일군 천국을, 낙원을, 극락을 더럽히겠노라고. 우리들을 이곳으로 내쫓고도 마지막 남은 이곳마저 범하려 한다."

일순, 노란빛의 도깨비불이 확 하고 커졌다.

수십 배나 불어난 불꽃은 허공에 둥둥 떠다니며 마치 금방이라도 폭사할 것처럼 크게 일렁였다.

"그러니 어찌하면 좋겠는가!"

외침이 함성이 되어 돌아온다.

"놈들을 태워야만 합니다!"

"다시는 우리의 터전을 밟을 수 없도록 본때를 보여줘야만 합니다!"

"우리들의 피를 보여줘야 합니다!"

노란빛의 도깨비불이 외친다.

"좋다. 놈들에게 똑똑히 보여주자꾸나."

천여 개의 망령들이 흘리는 음산한 웃음소리. 귀곡성이 가득 낀 그 사이로 선언이 울린다.

"밤은 오로지 우리들, 망자들만의 것임을."

그날,
만야월이 무신의 선언에 맞서 전쟁을 선포했다.

＊　　　＊　　　＊

무성은 적을 치면서 빼앗은 검을 꽉 쥐었다.

귀화가 타오르는 눈으로 주변을 둘러본다. 감각은 홍운 재의 장로들을 탐지했다.

'저들은 이제 어떻게 할까? 만약 싸운다면 상대할 수 있을까?'

무성은 염력을 깨달으면서 많이 성장했다. 달라진 몸에 적응을 하고 거기에 걸맞은 실력을 가졌다.

하지만 그래도 여전히 신주삼십육성은 부담스럽다.

이들을 이겼다고는 하나, 불과 종이 한 장 차이. 때에 따라서는 패배할 수도 있다.

그런 이들이 작정하고 합공을 가한다면 필패다.

한편으로는 사이가 좋았던 이들과 과연 제대로 검을 겨눌 수 있을까 하는 걱정이 들기도 했다. 여태껏 이들이 그에게 보여 줬던 미소는 절대 가식이 아니었으니.

하지만 이들이 가진 꿈도 마찬가지로 가식이 아니다.

이들은 백율이 걷는 길을 동참하는 이들이다. 그 길에 무성이 방해가 된다 싶으면 가차 없이 치우려 들 것이다.

그때 장로들이 몸을 돌렸다.

순간, 무성이 몸이 잔뜩 굳었다.

조철산은 피가 잔뜩 묻은 쌍창을 들고 있었다. 얼마나 많은 적을 격살했는지 그가 디디고 있는 땅은 온통 시신과 그들이 흘린 피로 가득했다.

"뭐하나?"

"……?"

"어서 돌아갈 차비 하지 않고 뭘 하느냐고."

무성은 저도 모르게 얼이 빠진 표정을 지었다.

그때 누군가가 어깨를 탁 하고 짚었다.

무성이 본능적으로 몸을 옆으로 돌리며 검을 겨누려다가 말았다.

석대룡이 미간을 좁힌 채로 있었다.

옷은 온통 피를 뒤집어써 검붉은 색이었지만, 그 많은 적을 벤 큼지막한 칼은 허리춤에 꽂혀 있었다. 전혀 공격할 의사가 없다는 표시였다.

"아무래도 상황을 이해하지 못한 모양이로군. 우리가 자네를 치기라도 할 것 같았나?"

"……그럼 아닙니까?"

"네놈, 대체 그동안 우리를 어떻게 본 거냐? 설마하니 우리가 친하게 지낸 후배를 어떻게 못해서 안달 난 미친놈들로 보이던?"

석대룡은 못 마땅하다는 듯이 고개를 모로 꺾었다.

"그건 아니지만……."

"쫄랑쫄랑 요상한 말해 대지 말고 짐이나 싸!"

석대룡은 버럭 소리를 지르더니 무성을 지나쳤다.

고황이 조용히 뒤를 따른다. 천리비영은 잠시 무성 앞에 걸음을 멈췄다가 묘한 눈빛으로 그를 한번 흘깃 보고는 역시나 지나쳤다.

무성만큼은 우두커니 서 있었다.

도통 이해가 가지 않는다는 표정이 얼굴에 역력했다.

분명 자신은 무신련과 함께 하지 않겠다고 말했다. 그것도 이들과 틀어질 각오를 단단히 하고서.

그런데 정작 장로들은 별것 아닌 일로 치부하며 같이 돌아가자고 한다.

자신의 의사가 제대로 전달되지 않은 걸까?

탁!

무성은 석대룡이 짚었던 곳과 반대쪽인 왼쪽 어깨를 두들기는 감촉에 눈길을 돌렸다.

조철산은 재미나다는 미소를 짓고 있었다. 다른 손으로는 쌍창을 등에 다시 매다는 중이었다.

"방금 전에 당당하게 무신에게 큰소리를 뻥뻥 치던 것치고는 너무 얼이 빠져 있구만."

"이해를 못 하겠습니다."

"자신을 죽이려고 아등바등 대던 이를 제자로 받으려는 인간을 수장으로 모시는 곳일세. 제정신 박힌 이들이 어디 있겠나?"

무성은 저도 모르게 쓴웃음을 지었다.

조철산이 포근한 미소를 보였다.

"백가가 자네에게 보낸 진의, 읽지 못했나?"

"진의라니요?"

무성은 고개를 갸웃거렸다.

"자신이란 하늘을 제외한 어느 하늘도 허락하지 않겠다는 말. 그 말은 자신의 치하가 닿지 않는 세력을 용납하지 않는다는 뜻도 되지만, 반대로 자신의 인정을 받는 자만이 새로운 하늘이 될 수 있단 뜻이지."

"……?"

"내가 어렵게 설명했나? 흠, 그럼 쉽게 말해서……."

조철산은 머리를 굴리다 이렇게 말했다.

"백가는 자네에게 기회를 주겠다고 말하는 것일세."

"……!"

"하지만 아쉽게도 그 기회는 자네에게만 닿는 것이 아니야. 세상 모든 이들에게 기회를 준 것이지. 제자인 문인산과 영호휘에게도, 심지어 적인 독존과 살존에게도."

무성은 저도 모르게 침을 삼켰다.

"무신련이니 뭐니 하는 것들을 다 옆으로 집어치우고 자신에게 덤비라는 것일세. 자신을 꺾을 만한 자라면 옆을 내주겠다고."

"……."

무성은 허탈했다. 한편으로는 다시 암담함을 느꼈다.

'역시 내가 가늠할 수 없을 만큼 깊구나.'

산봉우리도 높은 곳에 있을수록 더 멀리, 더 넓게 볼 수 있는 법이다.

백율도 마찬가지다.

그가 보고 있는 세상은 너무나 넓고 크다.

반대로 그렇기에 고고하다. 또한, 외롭다.

그는 누군가를 기다리고 있었다. 자신이 있는 곳까지 올라올 누군가를.

"아마 자네가 만약 이전의 다짐들을 모두 잃고 무신련 아래에서 안주하기만 하려 했다면 도리어 내칠 생각이었을 걸세. 하지만 자네의 그 외침이, 백가로 하여금 그런 생각을 하게 만든 게야."

무성은 여전히 아무런 대답도 하지 못했다.

백율이 얼마나 큰 인물인가 하는 생각에 빠져서.

무성은 낙양으로 돌아갈 때까지 백율 등과 계속 함께 하기로 했다.

본래 미련 없이 바로 헤어질 생각이었으나, 귀병가가 무신련에 무사히 당도했다는 천리비영의 전언에 합류를 결정한 것이다.

그렇게 일행을 태운 마차는 나타났을 때처럼 물러나는 것도 썰물처럼 아주 빠르게 사라졌다.

"검룡부를 저대로 두어도 되겠습니까?"

"이미 대부분의 수뇌를 잃은 상황일세. 단합이 될 리 만무하지. 도리어 저들끼리 남은 이권을 갖고 이전투구를 벌이다 지리멸렬할 걸세. 우리가 접수하는 것은 강북을 모두 정리한 후에 천천히 나서도 문제없어."

무성은 가만히 고개를 끄덕였다.

확실히 그랬다.

백율이 강남에 나타난 것은 어디까지나 전격전에 기초한 굵고 짧은 타격일 뿐. 확실한 승리를 가지기엔 아직 역부족이다.

'어차피 시간은 무신련의 것이라는 뜻인가?'

무성은 묘한 표정으로 장로들을 보았다.

마치 동네 산책이라도 다녀온 것처럼 별다른 기색도 없다.

석대룡은 지붕에 앉아 주변을 순시하고, 고황은 책을 읽으며, 천리비영은 자리를 비웠고, 조철산은 말을 몬다. 이곳에 올 때와 똑같은 모습이다.

무성은 여기서 무신련이 가진 새로운 모습을 보았다.

'무신은 한평생을 투자해 홍운재를 만들었다. 그리고 오늘날의 무신련이라는 하늘을 일궜어. 내가 그 길을 가려 한다면…… 여기서 안주해서는 안 돼.'

무성은 하루라도 빨리 강해져야겠다는 생각에 수련을 거듭 떠올렸다.

가부좌를 틀고서 묵상관법을 행한다.

'이기어검. 염력이 갈 길은 그곳이야.'

무성은 백율과 검존 등의 싸움을 보고 언뜻 깨달은 바가 있었다.

백율이 부린 풍운조화는 너무나 까마득한 벽으로만 느껴져 얻은 바가 거의 없었다. 하지만 검존이 행한 이기어검에서는 차용할 것이 많았다.

손을 앞으로 쭉 뻗는다.

의지를 손끝에 싣는다. 의지는 염력이 되고, 염력은 뇌기를 띠며, 뇌기는 곧 현상이 된다.

파직! 파지직!

무성이 움직이고자 한 것은 고황이 보던 책자였다. 이전에는 끝만 잡아 겨우 올린 것이 고작이었던 책자는 가만히 놓인 형태 그대로 허공에 둥실 떠올랐다.

책자 주변에는 가벼운 뇌기가 튄다.

최근 깨달은 것이지만, 뇌기란 음기와 양기가 각각 극의 성질을 띠며 전하(電荷)를 형성해 만들어지는 것.

그렇다면 인위적으로 음극과 양극을 만들어서 부린다면 뇌기를 보다 쉽게 만들 수 있었다. 또한, 더욱 세밀한 작업은 물론, 위력을 몇 배로 증폭시키는 것도 가능했다. 당연히 기반은 염력이다.

그뿐만이 아니다.

전하는 같은 극을 만나면 서로 밀어내는 성질을 띠는바. 다른 극을 붙이면 당기는 성질을 보이기도 한다. 인력(引力)과 척력(斥力)이다.

'뇌기와 염력은 서로 호환성을 보여. 뇌기를 상단과 신경계에 자극해 몸의 기능을 발전시키는 것도 가능해. 이는 염력을 강화하는데 효과적이야. 반대로 염력은 뇌기를 증폭시킬 수 있으니, 뇌기와 염력은 동일 선상에 놓아도 문

제가 없어.'

무성은 이를 바탕으로 염력에 대한 새로운 사용법을 찾
았다.

'염동!'

손바닥을 활짝 펼친다.

그러자 이번에는 옆에 차곡차곡 쌓아 뒀던 다른 책자들
이 허공으로 둥실 떠올랐다.

하나, 둘, 셋, 넷…… 그리고 열.

도합 열 개의 책자가 허공에서 동일 선상에 놓인다.

'죽겠군.'

무성의 미간이 살짝 좁힌다. 패인 골 사이로 땀 한 방울
이 슬쩍 흘러내렸다.

그는 손바닥을 반전시켰다.

그러자 책자도 따라서 같이 뒤집어진다.

하지만 속도는 제각각이다.

가장 우측에 있는 것은 제일 빨리 뒤집어졌다. 하지만
다른 것들은 굼벵이가 기는 속도만큼 느렸다.

순서나 차례도 뒤죽박죽이다.

특히 우측에서 네 번째는 절반밖에 안 돌다가 다른 것이
다 돈 후에야 마지막으로 뒤집어졌다.

'일단 일차는 그런대로 되었고.'

무성은 이번에 주먹을 가볍게 말아 쥐었다.

이번에는 책자가 한 장씩 천천히 넘어간다. 다 같이 움직여야 하지만 역시나 속도는 제각각이다.

시간이 길어질수록, 넘어가는 장수가 많아질수록 손목 위로 혈관이 뚜렷하게 올라왔다. 시푸른 핏줄은 팔뚝을 따라 올라와 목울대를 지나 얼굴에 가득하게 퍼졌다. 눈자위가 살짝 붉어졌다.

"그만하시게. 그러다가 숨넘어가겠어."

보다 못한 고황이 한 소리를 던진 후에야 무성은 집중을 풀었다.

"헉…… 헉……!"

팔을 내리자, 책자가 무더기로 우수수 떨어졌다.

바닥과 의자에 아무렇게나 널브러진 책자를 보는 고황의 눈빛은 쌀쌀했다. 자신이 아끼는 책들을 수련 도구로 사용하는 것이 탐탁지 않은 눈치였다.

"죄송합니다."

무성은 집중을 하느라 고황의 눈치를 읽지 못했기에 곧장 사과했다.

하지만 두 눈은 여전히 책자에 향해 있었다.

'염력을 효율적으로 사용하는 법은 터득했어. 하지만 반대로 발현하는 데까지 걸리는 시간이 너무 길어. 거기다

전하의 폭도 넓고. 폭을 좁히고 시간도 찰나로 줄여야 할 텐데.'

이것이 가능한 방법은 단 하나 뿐.

연습.

'다시!'

무성은 다시 앞으로 손을 내밀었다.

파지직!

자그마한 뇌기가 사방으로 튀었다.

고황은 묘한 눈빛으로 가만히 무성이 하는 행동을 지켜보았다.

"그놈, 참 열심이군."

백율이 껄껄 웃음을 터뜨린다.

마부석에 앉아 고삐를 쥐고 있던 조철산이 피식 웃음을 흘렸다.

"그렇게 좋은가?"

"좋고말고."

"그거 아나?"

"뭘?"

"자네의 그런 웃음소리, 산아의 눈을 치유해 줬을 때 이후로 처음이라는 것."

"그런가?"

백율이 묘한 미소를 짓는다.

조철산은 가만히 고개를 끄덕였다.

그는 오랜 벗에 대해서 잘 안다.

남들은 이해하지 못할 기행만 벌인다며 손가락질을 할지라도, 그는 벗이 보이는 행동, 웃음, 어투 등 모든 곳에서 감정을 읽는다.

지금 벗은 말한다.

드디어 제대로 된 후계자를 만났노라고.

저 높은 산봉우리 정상에 홀로 앉아 외롭게만 있던 자신을 달래줄 유일한 이를 만나서 너무나 기쁘다고.

"나보다 더 나를 잘 아는 친구라니. 조심해야겠는걸."

"그래. 조심하시게. 언제 자네에게 물 먹이고 그 자리를 차지할지 모르지 않나?"

"허허허허!"

백율의 웃음소리가 계속 이어졌다.

"그래도 저렇게 열심히 수련하는 것도 기특한데 선물이라도 좀 줄까?"

무성은 손을 오므렸다가 다시 폈다.

'전하의 폭은 어느 정도 줄였지만 어느 정도 이상을 넘

지 못해. 여기가 한계일까?'

무성이 생각하는 전하의 폭은 실이다.

아주 가느다란 실.

마치 뇌문과 물체 사이에 보이지 않는 아주 가느다란 실
이 연결되어 있는 것을 상상한다. 하지만 이것은 절대 실
이 아니다. 그 사이에는 염력을 담은 뇌기가 수없이 뛰어
다닌다.

영주(靈紬).

영혼에서 뽑은 명주실이라는 뜻을 가진 이 실은 무성의
염력이 향하는 길이다.

문제는 이 영주의 굵기를 계속된 연습으로 손가락 정도
로 줄이는 데는 성공했지만, 더 이상 줄이지 못한다는 점
이었다.

더군다나 영주가 뽑혀 나와 물체에 연결되는 시간도 생
각했던 것보다 더뎠다.

'방법은 하나야. 금구환의 신기와 영주를 연결하는 것.'

하지만 이것 또한 쉽지는 않다.

염력이 강화되며 육신에 익숙해졌다고는 해도, 자체적
으로 영성을 띤 금구환의 신기는 전혀 별개다.

분명 금구환의 신기가 협조적이기는 하다.

무공을 사용할 때 거침없이 공력을 공급해 준다. 이 공

력은 절대 마르지 않으며 순도도 자연지기처럼 엄청 맑아 더할 나위 없이 효과적이다.

그러나 무성이 자의로 다루지는 못한다.

마치 간절히 부탁한 후에야 마지못해 들어주는 연인 같다고 해야 할까?

금구환의 신기를 뜻대로 세밀하게 다루지 못하기에 염력의 효과도 한계가 있을 수밖에 없다. 결국 영주의 굵기는 줄어들기는커녕 도리어 한 번 집중을 놓치면 팽창하다 결국 폭발해서 사라진다.

'신기와 염력을 합쳐야 해. 염력이 신기에서 곧장 발현될 수 있도록.'

대략적인 개략도도 생각해 뒀다.

체내에서는 금구환의 신기. 하지만 체외로 빠져나왔을 때에는 염력의 성질을 띤 영주가 된다.

전부 동일 선상에 놓아 사용하는 것이다.

'문제는 그것을 어찌 이루냐는 것인데…….'

가장 시급한 문제는 금구환의 신기에 어린 영성을 복속시켜 자의적으로 조절할 수 있어야 한다는 점이었다.

그렇게 돌파구를 찾기 위해 고민을 반복할 무렵,

"열심이구나."

무성은 다시 고개를 들었다.

본래 고황이 책을 보고 있어야 할 자리에 백율이 가만히 앉아서 무성을 보고 있었다.

무성은 가만히 침을 꼴깍 삼켰다.

'무신.'

검룡부에서 사제지연의 제의를 거절한 후, 무성은 줄곧 백율을 제대로 쳐다보지 못했다.

속으로는 떳떳해야 한다는 걸 잘 알고 있다. 하지만 그가 보였던 호의를 잘 알기에 미안한 마음이 불쑥 솟아나곤 했다.

"그렇게 긴장을 할 것이면 처음에 제자가 되겠다고 말할 것이지, 실컷 걷어차고는 왜 그런 표정을 짓는 게야?"

무성은 쓴웃음을 지으며 검지로 볼을 긁적였다.

"보이……십니까?"

"보이지. 보이고말고. 네가 나를 아주 부담스러워한다는 걸. 미안해하지 마라. 본디 사제지연이란 부모자식의 관계처럼 하늘이 맺어주는 것. 스스로가 인연이 아니라고 여기면 절대 강요를 할 수 없는 것이다."

백율이 웃었다.

"하지만 그렇기에 나는 못내 기쁘구나."

"어째섭니까?"

"나를 잡고자 하는 이가 있으니까."

"……!"

"나는 외롭다. 이곳에 수십 년간 홀로 있으려니 좀이 쑤시는구나. 누구 하나 다가오지 못하니 지루하고 따분하다. 하지만 이제는 다르지. 누군가 올라오기를 기다릴 수 있으니까."

무성은 침을 꼴깍 삼켰다.

백율은 말하고 있었다.

너를 인정하겠노라고.

제자가 아닌 언젠가 자신과 나란히 눈을 맞출 적수로서.

"그러니 어서 올라오거라. 나는 언제나 한결같이 이곳에서 널 기다릴 터이니."

무성은 한동안 말을 하지 않았다.

그러다 주먹을 꽉 쥐었다. 눈에 힘을 준다.

화르륵!

귀화가 피어난다.

상대를 집어삼킬 만큼 거칠기 짝이 없는 귀화다.

"예. 조금만 기다려 주십시오. 곧 오를 터이니."

"하하하하!"

백율은 이가 훤히 드러나도록 웃었다.

마차 내부가 떨릴 정도로 거친 웃음이었지만, 이상하게도 무성은 거슬리지가 않았다.

도리어 기분이 좋았다.

무성은 여태 백율을 너무 높게 보았다. 그리고 언젠가 올라가야만 하는 산으로만 여겼다. 정말 닿을 수 있을까 싶은 하늘로만 여겼다.

하지만 이제는 다르다.

그가 인정한 적수가 되기 위해 열심히 뛸 것이다.

단순히 북명에서 사는 곤어가 아니라, 큰 날개를 펼치고 창천을 드높이 날 대붕이 될 것이다.

백율은 더 이상 목표가 아니다. 꺾어야 할 상대다.

"좋아. 이렇게 연배를 뛰어넘어 미래의 적수가 될 좋은 친구를 만났으니 내 선물을 한 가지 주마. 잠시 손을 펴다오."

무성은 뭘 주려나 싶어 손을 펼쳤다.

백율이 그 위로 오른손을 마주 포갠다.

무성의 얼굴에 의문이 어릴 무렵, 잠시 후 미간이 살짝 좁혀졌다.

장심을 비집고 무언가가 흘러 들어온다. 길쭉하고 미끌미끌한 뱀 같은 어떤 것이 기맥과 혈관에 쏙 박히더니 기혈이 흐르는 것과 반대 방향으로 움직였다.

어떤 것은 기혈에 맞서 꾸물거리며 계속 위로 거슬러 올라갔다.

무성은 움찔거리며 저도 모르게 손바닥을 거두려 했다. 하지만 백율이 왼손으로 손목을 꽉 틀어쥐고 있어 얌전히 굴었다.

만약 백율이 자신에게 해코지를 할 생각이었다면 이렇게 번거롭게 굴지 않고 당장 목을 쳤을 터.

기분 나쁜 느낌이지만 백율을 믿고 힘을 풀었다.

그러자 어떤 것이 더욱 속도를 박찼다. 더 이상 저항이 없자 마치 역풍을 타고 강의 근원지로 거슬러 올라가는 배처럼 빠르게 움직여 단숨에 심장 어림으로 닿았다.

하지만 어떤 것은 심장 부근에서 도중에 방향을 꺾더니 몸뚱어리의 가장 중심, 명치에 박혔다.

그것은 소용돌이 모양을 그리며 전중혈에 안착했다.

전중혈은 곧 중단전.

금구환이 안착한 하단전과 묵혈관법이 자리 잡은 상단전에 이어 여태 열지 못했던 새로운 단전을 개척하는데 성공한 것이다.

길다면 길고 짧다면 짧게 느껴지는 시간 동안, 어떤 것은 천천히 똬리를 틀다 엄지손톱만 한 크기의 자그마한 구슬로 압축되었다.

"이것이 무엇입니까?"

묵혈관법으로 수상한 기운이 똬리를 트는 과정을 생생

히 목격한 무성은 의문을 드러낼 수밖에 없었다.

금구환부터 이상한 구슬까지.

보통 무공 체계에서는 절대 찾을 수가 없는 것들이다.

하긴 혼명부터가 논외의 것이지만.

"씨앗이다."

백율이 손길을 거두며 포근하게 웃었다.

"씨앗이라니요?"

"설마하니 나더러 네가 다 자랄 때까지 가만히 보고만
있으라는 건 아니겠지? 언젠가 이곳까지 닿을 건 알고 있
다만 기다리는 건 내 적성에 맞지 않아. 여태 허비한 시간
으로도 충분해."

무성은 그제야 백율의 생각을 깨달았다.

나이.

겉으로 보기에 백율은 오십 대로만 보이지만, 실제로는
어느덧 보통 사람들이라면 장수했다고 할 수 있는 고희를
훌쩍 넘겼다.

언제 일기(一期)가 다 할지 모르기에 최대한 빨리 적수
를 보고자 하는 것이다.

무성으로서는 절대 나쁘지 않은 일이다.

이 역시 기연이라 할 수 있으니까.

"감사하다는 말씀은 드리지 않겠습니다."

"그런 말을 듣고자 한 것이 아니니 상관없다."

"단, 결과로 보여드리겠습니다."

백율은 웃었다.

"그래. 하여간 서두르려무나. 이곳은 혼자 있기에 너무 넓어."

무성은 백율을 보내고 난 후, 다시 묵상관법을 이용해 그가 준 씨앗을 확인했다.

중단전.

삼단전 중 중앙에 위치한 이것은, 발달할수록 오장육부를 튼실하게 만든다고 한다. 또한, 사람의 감정을 담당하기에 희로애락을 주관한다.

하지만 중단전의 가장 큰 효능은 따로 있었으니.

정기신(精氣神), 인체를 구성하는 가장 큰 세 가지 형체 중에서 기체(氣體)를 관장한다.

따라서,

'중단전이 개발될수록 금구환의 신기도 같이 다룰 수 있게 된다! 왜 진즉에 이 방법을 생각하지 못했지?'

무성은 자신의 멍청한 머리를 탓했다.

하지만 어쩔 수 없었다.

여태 보통 무공 체계를 크게 벗어난 혼명을 익히고, 흔한 스승 없이 홀로 수련을 거듭하다 보니 기초 이론에 약했던 것이다.

천옥원에 있을 시절에 남소유에게서 강습을 받았다지만, 기간이 짧아 수박 겉핥기에 불과했다.

결국 무성은 보통 사람들에게는 아주 간단한 이치이지만, 자신에게는 가장 절실히 필요로 했던 무리(武理)를 깨달을 수 있었다.

'이래서 기초가 중요하다고 하는 것이구나.'

무성은 자신의 안일함을 탓했다.

남들은 단순한 상식이라고, 그저 무의미한 기초라고 여기는 것들이 사실상은 수천 년을 이어져오면서 연구되고 개량된 성과를 토대로 만들어졌다는 사실을 이제야 절실히 통감한 셈이다.

낙양에 도착한 후에는 여태 미뤄 뒀던 무리 공부를 천천히 살펴봐야겠다고 다짐하면서 씨앗에 집중했다.

'씨앗이 기체를 관장한다면 이것이 커질수록 금구환의 신기도 점차 내 쪽으로 주도권이 넘어오겠지. 그렇다면 씨앗을 키우려면 어떻게 해야 할까?'

무성은 백율이 던져준 숙제에 한참을 골몰했다.

입가엔 어느덧 미소가 진하게 맺혀 있었다.

第二章

독천(獨天)

마차는 생각보다 일찍 낙양에 당도했다.

무성은 그동안 연습에 연습을 계속 거듭해 열 개의 책자를 허공에 띄우는 것은 물론, 장을 넘기는 것도 순조롭게 해내는데 성공했다. 영주의 굵기도 새끼손가락만큼 확 줄었다.

모두 중단전의 개발에 따라 나타난 결과였다.

금구환의 신기는 양분이었다. 씨앗은 이를 바탕으로 조금씩 싹을 틔우더니 무럭무럭 자라나 기맥과 혈관으로 점차 영향력을 뻗쳐 나갔다.

육체 안의 또 다른 육체를 빚는다고 해야 할까?

기분이 조금 묘했지만, 나쁘지 않고 도리어 훨씬 좋았기에 씨앗을 키우는데 집중했다.

무성은 어느덧 묘목이 된 씨앗에다 영혼의 나무, 영목(靈木)이라 이름 붙였다.

영목이 발달할수록 영주도 강화된다. 금구환의 신기도 서서히 통제 하에 들어온다. 덕분에 무성은 혼명이 가야할 새로운 길을 발견할 수 있었다.

영운해법(靈運解法).

'영혼이 움직이는 방식을 푸는 법'이라 이름 붙인 새로운 무공은, 날이 갈수록 서서히 기틀을 잡아가고 있었다.

물론 아직도 분심공을 완성하지 못해 영주가 따로 노는 경향이 짙었다. 하지만 이 역시 꾸준히 연습을 반복하다 보면 차츰 나아질 것들이었다.

하지만 성취감 뒤로는 이제 어떻게 해야 할지 미래가 막막했다.

무신련에게 강한 증오심을 갖고 있을 때는 이들을 거꾸러뜨릴 작정만 계속하다가, 이제 그것이 어느 정도 풀린 지금은 어떻게 해야 할지 종을 잡을 수 없었다.

목표를 잃은 이의 허탈함이라고 해야 할까?

방효거사는 떠나기 전에 그에게 무신련의 주인이 되라고 했지만, 말처럼 쉽지는 않은 일이었다.

이대로 무신련을 떠나 귀병가로 돌아가야 할까?

아니면 과거 백율이 그랬던 것처럼 천하를 떠돌며 비무행이라도 벌여 볼까?

그도 아니면 심산유곡에 박혀 수련을 거듭할까?

'자세한 건, 낙양으로 돌아가 남 소저와 간독을 보고 이야기하자.'

오랜만에 귀병가의 완전체가 모인다는 생각에 마음이 들떴다.

무성의 이러한 우려와 달리, 그를 둘러싼 주변 환경은 발빠르게 돌아가고 있었다.

와아아아!

낙양에 들어선 순간, 무성을 태운 마차는 수많은 인파에 둘러싸여 엄청난 환호를 받았다.

강남으로 훌쩍 떠나 검룡부를 무너뜨린 백율과 일행의 행보는, 이미 강북을 넘어 강호 전체로 퍼져 무신이 써 내린 새로운 신화로 자리매김했다.

이들은 모두 먼발치에서나마 백율을 보고자 각지에서 모인 자들이었다.

하지만 백율과 장로들은 별달리 신경 쓰지 않았다.

정작 놀란 것은 무성이었다.

'이곳이 무신련. 역시 내가 여태 봤던 것들은 일부 단면에

지나지 않았어.'

여러 생각이 머릿속을 스쳐 지나간다.

적수.

예전과 의미는 다르지만, 여전히 무성이 무너뜨려야 할 것은 이들을 모두 포용한 백율이다.

단순히 복수심과 증오심에 휩싸여 저들을 보던 때와 달리 이제는 넘어서겠다는 일념으로 무신련을 보니 그동안 느끼지 못했던 다양한 것들이 속속들이 다가왔다.

그렇게 천천히 피부로 느끼는 사이, 마차는 무신련의 성곽을 지나 안으로 들어서고 있었다.

탁!

어느덧 마차가 멈춘다.

일행들이 천천히 아래로 내리기 시작했다.

가장 먼저 내린 이는 조철산. 쌍창을 등에 매단 그는 일약 영웅으로서의 위엄을 톡톡히 보이고 있었다.

그다음은 석대룡. 수많은 무부들의 지지를 받는 그는 많은 이들이 가장 존경하는 호한이었다.

환호를 즐기는 조철산, 석대룡과 다르게 고황은 영 못마땅한 눈치였다. 내내 인상을 찌푸렸다.

"꼭 이렇게 떠들썩하게 굴어야겠나?"

"어쩌겠나? 때로는 이런 모습도 보여야 사람들이 좋아하는 것을."

조철산의 미소에 고황은 미간만 좁힐 뿐 더 이상 아무런 불평불만도 보이지 않았다. 하지만 역시나 즐기는 것도 아니어서 가만히 서 있기만 할 뿐 미동도 없었다.

천리비영은 모습을 내비치지 않았다. 어차피 공개 석상에서는 잘 나타나지 않는 그녀이니 다시 본연의 임무인 무신의 그림자로 돌아간 것이다.

함성은 곧 폭발적으로 이어졌다.

백율이 내린 것이다.

그를 상징하는 백발, 백염, 백미가 바람에 흩날리고 백포와 백의가 살랑거리며 그를 만천하에 힘껏 드러낸다.

무성은 옆에서 그런 그를 가만히 바라보다 곧 어둠 속으로 녹아 사라졌다.

아쉽게도 이곳에 그가 있을 자리는 없었다.

*   *   *

무신궁에서 큰 연회가 벌어졌다.

련에 있었던 혼란이 언제 그랬냐는 듯 사그라지고, 여태 그들의 골치를 썩게 만들었던 검룡부의 붕괴에 환호와 칭송이 뒤따랐다.

여전히 강북은 도강을 시도한 쌍존맹의 무뢰한들로 인해 시끄러웠지만, 언제든 끌 수 있는 자그마한 불씨로만 여겼다.

무신 백율이 있는데 무엇이 문제겠는가?

특히나 백율의 주도 하에 벌어진 여러 인사 개혁은 많은 파장을 낳았다.

비밀로만 쌓여 있던 홍운재가 정식으로 출범해 내각을 구성했다. 여태 내정을 담당했던 다모각이 유명무실해지면서 세운 대책이었지만 모두가 만족해했다.

이미 홍운재의 구성 요인들이 하나하나 당금 무신련을 운영하는 주역들이었으니.

하지만 가장 큰 파장은 따로 있었다.

내각의 수장으로서, 신기수사 제갈문경의 후임으로 내정된 이가 아주 파격적인 인사였기 때문이었다.

포천부경 방효거사.

단순한 장사치가 어찌 재상이 되겠냐며 일부 반발도 따랐다.

하지만 곧 장사상회의 모든 재산을 무신련에 기증하며 무신련의 만년 골칫덩이였던 문제들을 탁월한 식견과 과감한 추진력으로 모두 해치우는 실력에 한 발 물러설 수밖에 없었다. 한편으로는 이런 자를 기용한 백율의 그릇에 탄복하기도 했다.

그렇게 강호가 시끄럽게 돌아가는 와중에도 무신련은 도리어 균열을 봉합해 더욱 탄탄해지고 있었으니.

바야흐로 무신련의 천하가 도래하려 하고 있었다.

                    *   *   *

"따분하군."

문인산의 혼잣말에 곧장 귓가로 전음이 꽂혔다.

『주군, 표정 관리를 하셔야 합니다.』

"표정 관리가 다 무엇인가? 이제 이 소경한테는 아무도 다가오지 않는 것을. 하하하!"

『……주군.』

무영의 목소리가 가늘어진다.

모두가 떠들썩한 연회장.

음악이 흐르고 맛난 요깃거리가 즐비하다. 무희들이 아름다운 춤을 추며 도처에서 백율을 칭송하는 목소리가 울린다.

서로 저마다 인사를 나누고 친분을 쌓기에 바쁘다.

하지만 문인산 주변에는 아무도 다가오지 않았다.

새로이 재상이 된 방효거사가 잠깐 와서 인사를 나누는

것이 전부였을 뿐.

여태 속세의 일에 관심을 보이지 않아도 연회가 열리면 어떻게든 그의 눈에 잘 띄기 위해 다가오는 사람들이 많았다. 하지만 문인산이 실각을 겪고 거기다 두 눈을 잃었다는 소식이 전해진 후부터는 전혀 그렇지 않았다.

곳곳에서는 장애인이 된 대공자와 비록 면죄를 받았어도 죄인인 이공자를 대신해 삼공자가 백율의 뒤를 잇는 것이 아니냔 말까지 나왔다.

그러나 지금 연회장에는 문인산을 제외하고 제자들 중 누구도 참여하지 않았다. 사제자 주익은 이미 잊힌 사람이었다.

무영은 그것이 못내 안타까웠다.

과연 저 사람들은 알까?

문인산이 의를 지키기 위해 눈을 잃었다는 사실을.

저들이 너무나 쉽게 입방아에 찧어 대는 대공자야말로 무신련을 이끌 진정한 재목이라는 것을.

아내에게도, 장인에게도, 수하들에게도 버림을 받은 문인산이 너무나 쓸쓸해 보였다. 이제 그의 곁에 남은 이는 자신밖엔 없었다.

"차라리 잘 되지 않았느냐? 여태 주변이 시끄러워 어지럽기만 했거늘, 이리도 홀가분해질 줄이야. 이럴 줄 알았다면 진즉에 거추장스러운 것들을 치울 걸 그랬나?"

『행여나 어디 가서 그런 말씀하지 마십시오.』

"하여간 자네가 내자보다 더 잔소리가 많다네."

문인산은 두 눈을 꼭 감은 채로 몸을 돌렸다.

"하면 대호궁으로 돌아갈까? 이 정도면 인사치례는 된 것 같으니."

문인산은 별다른 미련도 없어 보였다.

처음부터 바랐던 사부를 속세로 끌어내는데 성공했으니. 미련이 있을 수가 없었다.

사대 가문을 물리치고 홍운재가 련의 중심이 되었다.

이제 무신련은 그동안의 정체를 그만두고 다시 걸음을 옮기기 시작하리라.

옛적에 그들이 바랐던 꿈을 이루기 위해서.

"이만하면 만족한다네. 이만하면……."

문인산이 작게 중얼거릴 무렵이었다.

그림자 속에 숨어 있던 무영은 수하가 가져다 준 소식을 듣고 문인산에게 재차 전음을 넣었다.

『하면 대호궁으로 가기 전에 다른 곳에 들러 보시겠습니까?』

"어딜?"

『귀병…… 아니, 진 공자께서 자신의 사람들을 데리고 무신련을 떠날 차비를 한다고 합니다.」

문인산은 슬며시 미소를 지으며 물었다.

"어딘가? 안내 좀 해 주게."

*   *   *

"고생 많았어요, 남 소저."

무성이 남소유를 보며 웃었다.

남소유는 얼굴을 붉히며 고개를 숙였다. 그 모습이 마치 사랑하는 임자에게서 사랑 고백을 받은 규수 같이 다소곳하다.

"얌마! 너는 저 계집만 보이고 이 몸은 안 보여?"

간독은 배알이 뒤틀린 나머지 분위기 좋은 두 사람 사이에 뛰어들었다.

남소유의 안내에 따라 낙양으로 이동한 간독과 귀병가는 문인산의 도움으로 무신련에 무사히 안착했다. 하지만 여전히 귀병가를 원수로 생각하고 있는 주변의 눈이 많아 행동에 각별한 주의를 기울여야만 했다.

그렇게 답답하고 지루한 하루하루를 보내다 드디어 간만에 무성을 만나게 되었건만. 정작 돌아온 것은 쌀쌀한 냉대였으니 화가 날 수밖에 없었다.

하지만 간독에게 돌아오는 것은 남소유의 싸늘한 눈빛과 무성의 핀잔이었다.

"에휴! 수고 많았어."

"이 시건방진 애송이 보게? 네놈 때문에 발 벗고 열심히 뛰어다닌 형님께 할 말이 그것밖엔 없냐?"

간독은 인상을 와락 찡그리며 무성을 노려보았다.

몇 번이고 만나도 도무지 예뻐하려야 예뻐할 수가 없다.

'확 한 대 칠 수도 없고.'

물론 나이가 많은 자신이 넓은 아량으로 이해해 줬다.

"장난 아냐. 정말 수고 많았어. 그리고 고맙고."

무성이 피식 웃는다.

간독은 저도 모르게 얼굴이 빨갛게 달아올라 고개를 옆으로 홱 돌리며 딴청을 피워 댔다. 손바닥으로 얼굴에다 부채질을 해 댔다.

"아, 거참 환기가 안 되나? 왜 이리 더워?"

무성의 웃음소리가 커졌다.

간독도 슬며시 미소를 폈다.

'그래. 이거지.'

간독은 기분이 좋았다.

무성과 떨어진 기간 동안 아슬아슬하게 줄타기를 하느라 정신이 없었건만.

지금은 속이 다 후련하다.

이제야 겨우 커다란 매듭을 하나 푼 것 같았다.

"그나저나 이제 어쩔 거냐?"

"뭘?"

"앞으로의 일."

"글쎄."

무성이 말꼬리를 슬쩍 흘린다.

간독의 얼굴이 살짝 굳었다.

"무신이 제자가 되라고 했다면서?"

"어."

"결과는?"

"안 하기로 했어."

"미친 새끼!"

간독은 욕지거리를 내뱉었다.

"지금 네가 네 스스로 무덤 판 거 알고 있지?"

"알아."

"알긴 뭘 알아! 개뿔이!"

언성이 높아진다.

"도처에 우리를 잡아먹지 못해 안달 난 놈들이 깔렸다. 무신이 봐준다고 해도 그 밑에 있는 놈들이 가만히 둘 것 같아? 그리고 영호휘, 그놈 살았다면서? 후환이 남았는데 이제 어쩔 거야! 병신이 되었다고 해도 영호권가의 가주다. 무신의 제자라고! 기껏 끌어들였던 쌍존맹도 적으로 만든 판국에 이제 뭘 믿고 살 건데? 이럴 것 같으면 차라리 무신련을 잡아먹지, 왜!"

간독은 침이 튀도록 열변을 토했다. 소 새끼니 말 새끼니 하는 육두문자를 마구 섞어가며 무성을 마구 타박했다.

그런데도 무성은 듣는 내내 웃고 있어 더욱 간독의 속을 뒤집게 만들었다.

"웃지 마, 새꺄!"

"역시 넌 달라진 점이 하나도 없구나."

"닥쳐!"

간독은 버럭 소리를 질렀다. 대답은 돌아오지 않았다.

결국 간독은 한참이나 제자리에서 홀로 씩씩 대다가 뒤에 있는 의자에 벌러덩 하고 주저앉았다.

"씨팔. 혼자 이렇게 떠들어 대면 나만 미친놈 된 것 같잖아?"

"아니었어?"

"말꼬리 달지 마!"

간독은 한 번 더 소리를 지르고는, 그제야 속이 후련한지 심호흡을 가다듬었다. 이제는 정말 진지한 자세로 물었다.

"뭐, 차라리 이런 것이 네놈답다 싶기는 하다. 순순히 덥

석 하고 무신의 제의를 무는 것도 우스운 꼴이지. 내 일이야 사대 가문이 망한 덕분에 속이 좀 풀렸다지만, 여전히 저 아가씨와 한가 놈의 문제도 남아 있고."

두 사람의 대화를 가만히 듣고 있던 남소유가 움찔거렸다.

남소유는 소림사와 삼공자에게 원한이 남아 있다. 또한, 한유원을 죽인 영호휘가 폐인이 되고 정치적인 실각을 겪었다고 해도 숨통이 붙어 있는 이상에야 원수를 갚았다고 하기는 힘들었다.

백율의 은혜를 입었어도 여전히 무신련과의 관계는 남아 있는 것이다.

"진짜 어쩌려고 그러냐? 사실 따지고 보면 무신련 안에서 네가 권력을 얻어서 원한을 모두 해결하는 것이 가장 편하지만, 일이 이렇게 되었으니 밖에서 활동해야 할 텐데……. 또 무신련과 드잡이질이라도 할 거냐?"

"아니. 무신련과의 전쟁은 이것으로 끝이야."

무성은 단호하게 말했다.

"왜?"

"영호휘는 이미 재기가 불가능하니 그것보다 큰 복수는 없지. 그리고 남 소저의 문제는, 제가 어떻게든 근시일 내로 해결할게요."

남소유는 고개를 끄덕였다. 그녀의 눈가에 담긴 것은 무성에 대한 절대적인 신뢰였다.

그런 마음은 간독도 다르지 않았다.

"여하튼! 생각해 둔 건?"

"없어."

"이 개자식이⋯⋯!"

"하지만."

간독이 화를 내기 위해 일어서려다, 무성의 나지막한 중저음에 다시 자리에 엉덩이를 붙였다.

무성이 차분한 어투로 입을 열었다.

"이제부터 귀병가는 귀병가만의 길을 갈 거야."

"⋯⋯!"

"⋯⋯!"

간독과 남소유의 몸이 쭈뼛 굳는다.

간독이 슬쩍 한쪽 입꼬리를 말아 올렸다. 그를 상징하는 사이함이 가득했다.

"독립 선언이냐?"

"그래. 우리는 무림 방파가 될 거다."

"하지만 무신련과 다른 노선을 걷겠지?"

"어."

"영호휘나 북궁검가 등이 널 잡겠다고 달려들면?"

"무신련과 전쟁을 그만둔다고 했지, 놈들과 안 싸운다는 말은 안 했잖아?"

무성이 차갑게 웃었다.

"도전해 오면 눌러 버린다. 무림 방파로서."

"그건 마음에 드는군."

'싸움' 이 아니란다. '도전' 이란다.

저들을 이제 눈 아래로 본다는 뜻이다.

간독은 이제 무성이 놈들 따위는 안중에도 두지 않는다는 사실에 휘파람을 불었다. 무성은 그가 생각했던 이상으로 크게 성장했다.

그러다 짓궂게 물었다.

"그러다 무신과 부딪치면?"

"다르지 않아. 맞서 싸워야지."

"……!"

간독의 눈이 커졌다.

백율이 검룡부에서 선언한 독천의 맹세가 낳은 여파가 가시지 않은 지금.

강호의 수많은 문파와 방회들은 일제히 무신련으로의 복속을 선언했다. 쌍존맹 휘하에 있던 많은 이들이 봉문이나 폐회를 선언하기도 했다.

그런 상황에서 독립을 선언하겠다니.

스스로 공인된 성배를 버리고 독배를 들이키는 꼴이나 다름없다.

독천!

무신이 아닌 새로운 하늘이 이 자리에서 열리려 하고 있었다.

보통 때의 간독이라면 버럭 화를 냈을 테지만,

"흐흐흐흐! 흐하하하하하!"

그는 웃었다. 원 없이.

"미친놈!"

"그래도 마음에 들지?"

탁!

간독은 손바닥으로 무릎을 세게 내리쳤다.

"암! 마음에 들고말고! 이 간독, 그렇지 않아도 머리 위에 누가 있는 게 정말 싫었는데 차라리 잘 되었다. 네놈 말이 맞아. 우리는 강호에서도 소외된 연놈들이다. 객기 부리다 뒈지면 뒈졌지, 어디에 기어들어가는 건 때깔도 안 나잖아?"

간독은 벌떡 자리에서 일어나며 허리를 숙였다.

"앞으로 잘 부탁하지, 가주!"

무성은 잠깐 놀란 눈이 되었다가 이내 고개를 끄덕였다.

그동안 귀병가를 운영한 것은 간독이지만, 실질적인 중심은 무성이었다. 무성이 귀병가의 앞길을 밝힌 이상 그 외에 가주가 될 사람은 없었다.

"잘 부탁해, 총관."

"니미럴! 앞으로 할 일이 산더미겠구만!"

"그건 네 주특기잖아?"

무성은 웃으면서 슬쩍 남소유를 보았다.

"남 소저는 호법이 되어 주세요."

"당신이 가는 곳이라면 어디든."

남소유의 허락까지 떨어지자, 무성은 천천히 자리에서 일어났다.

"그럼 이제 어디 남은 문도들을 보러 갈까요?"

간독은 무성을 아래층으로 안내했다.

"하나같이 거칠기 짝이 없는 놈들이라 일단 따로 빼놨다. 그런데 과연 다룰 수 있겠냐?"

무성은 천산신응이 가져다 준 전언을 통해 간독이 어떤 이들과 연합을 맺었는지 알고 있었다.

하나같이 근원도 특색도 다른 이들이다.

비선을 구성하는 여러 흑도 조직.

북방에서 흘러온 혈랑단.

그리고 염호리.

"해 봐야지."

"안 되면?"

"쳐 낼 거야. 섞이지 않는 자들은 필요 없어."

"가차 없군. 좀 아쉬운걸?"

하지만 무성은 단호했다.

"우리의 이름을 잊지 마. 귀병의 집[家]이야. 가족이란 서로 마음이 맞는 이들. 엇나가는 이들은 필요 없어."

"하하하하! 언제 그렇게 달변가가 된 거냐?"

간독은 기분 좋게 웃을 뿐, 절대 거기에 대해 반대를 하지 않았다. 그 역시 같은 생각이란 뜻이었다.

무성은 그런 간독의 마음 씀씀이가 고마웠다.

어떻게 보면 무성의 독단적인 결정이라고도 할 수 있는 것을 이해해 주고 진심으로 따라주려 하고 있으니.

'역시 내겐 이들밖에 없어.'

무성은 귀환하는 동안 앞으로의 일에 대해 깊은 고민을 했다.

그러면서 이번 여정에서 느낀 바들을 돌이켜 봤다.

그 결과 남은 것은 단 하나.

─귀병가를 홍운재처럼 만들고 싶다!

새롭게 시작하고 싶었다.

새 마음, 새 뜻으로.

그래서 독천을 마음먹었다.

다행히 동료들은 따라 주겠다고 한다.

과연 귀병가가 홍운재를 넘어서 또 다른 무신련이 될 수 있을지는 의문이다. 어쩌면 불가능에 가까울지도 모른다. 아주 위험한 행보라는 것도 잘 안다.

하지만 무성은 해 볼 생각이었다.

자신이 마음먹은 바를. 그리고 다른 귀병들과 함께 꿈꿨던 바를.

그래서 언젠가 저 높은 곳에 앉은 백율에게 외치리라.

당신을 넘어서고자 이곳까지 왔노라고.

'조금만 기다리십시오, 무신!'

무성이 눈에 불을 켜며 방문 앞에 섰다.

"여기 있는 놈들이 혈랑단이야. 특히 마구유, 그놈은 미친 놈이니까 조심하고."

간독의 눈가에 살기가 감돈다. 그 뒤에 담긴 감정은 경멸이었다.

"너처럼?"

"너부터 죽여 줄까?"

다행히 간독은 무성의 농에 기분이 풀어졌는지 피식 웃음을 흘리며 방문을 활짝 열렸다.

바로 그 순간,

휙!

갑자기 열린 문을 따라 무언가가 튀어나온다.

날카로운 눈빛과 차가운 미소를 짓고 있는 무사, 혈랑마도 마구유가 애병인 거치도에 강기를 잔뜩 두른 채로 무성을 향해 칼을 휘두르고 있었다.

"미친!"

간독이 놀라 소리친다.

재빨리 마구유를 제압하기 위해 소매 속에 든 비수를 던지려 했지만, 이미 거치도는 무성의 목덜미로 치닫고 있었다. 생각지도 못한 기습이었기에 무성은 무방비였다.

하지만 거치도는 끝내 무성에게 닿지 못했다.

목덜미에 닿으려는 찰나, 무성이 오른발을 발가락만으로 밀어 몸을 뒤로 물린 것이다.

쉭!

거치도의 끝이 아슬아슬하게 무성의 목젖 위를 스쳐 지나간다.

덕분에 마구유의 틈이 열렸다.

무성은 그때를 놓치지 않았다. 이번에는 뒤꿈치로 땅을 밀어 앞으로 몸을 던졌다.

동시에 내지르는 쌍장(雙掌)!

"흡!"

마구유는 재차 무성과의 간격을 벌리면서 거치도의 방향을 꺾으려 했다. 하지만 그 전에 무성의 양 손바닥이 벼락같이 날아들며 가슴팍을 두들겼다.

퍽!

마구유가 피 화살을 뱉으며 뒤로 튕겨 난다.

"제기랄!"

마구유는 욕지거리를 내뱉으며 자세를 갖췄다.

한 발자국, 두 발자국. 단 두 번 만에 정자세를 갖춘 그는 왼쪽 손등으로 입가를 훔쳤다.

"강하군! 간독이 그렇게 자랑을 하던 이유가 있었어. 인정하지. 나와 손잡을 자격이 있어."

마구유가 미소를 지었다. 사이한 미소다. 호선을 그리는 두 눈은 살기와 증오가 뒤섞였지만, 한편으로는 탐욕도 같이 엉겼다.

무성은 녀석의 속내를 짐작했다.

혈랑단은 황량한 대막에서 흘러들어온 자들. 당연히 몸을 의탁하는데 깐깐하게 굴 수밖에 없다. 특히 간독이 근거지를 잃은 상황에서는 더더욱. 북궁검가를 배신한 이유도 그 때문이지 않은가.

미래를 점치기 위해 무성의 실력을 확인하려 한 것이리라.

과연 올라타도 되는 마차인지 아닌지를.

하지만,

"누가 너와 손잡는다고 했지?"

"뭐?"

"난 배신자는 믿지 않아."

"……!"

타닥!

무성이 싸늘한 어투와 함께 어느덧 다시 마구유 앞에 섰다.

전혀 예상치 못한 행동에 마구유의 두 눈이 화등잔만 해졌다. 과연 눈치가 빠른 자답게 무성의 말투를 눈치챈 듯했다. 두 눈에 살기가 어렸다.

"죽어!"

거치도가 시뻘건 도강으로 번쩍이며 사선을 갈라 온다.

하지만 단거리에서는 도검보다는 권장이 유리하다.

무성은 더욱 간격을 바짝 좁히면서 오른손을 뻗어 마구유의 손목을 잡아 갔다.

무쇠도 마구 썰어버릴 정도로 예리한 강기 앞에서 아무런 기운도 두르지 않은 적수공권을 뻗는다는 것은 아주 위험한 행동이다.

하지만 무성은 눈 하나 깜빡하지 않고 아주 자연스럽게

마구유의 손목을 아래로 눌렀다. 동시에 완맥을 틀어쥐며 반대 방향으로 꺾었다.

뿌득!

뼈가 탈골되는 소리와 함께 마구유의 손목이 반시계 방향으로 돌아갔다. 거치도가 아래로 떨어지면서 녀석의 오른팔이 덜렁거렸다.

마구유가 흠칫 놀랐다. 눈빛에는 고통과 함께 당황어린 기색이 역력했다.

무성의 행동은 거기서 그치지 않았다.

완맥을 틀어쥔 손을 안쪽으로 잡아당긴다. 마구유가 안쪽으로 힘없이 딸려오자, 이번에는 비어 있던 왼쪽 팔을 접어 팔꿈치를 세워 명치를 그대로 찍었다.

빡!

명치가 함몰된다. 흉곽을 유지하던 늑골이 안으로 같이 딸려 들어가며 전부 박살 나 버렸다.

마구유는 고통에 입을 쩍 벌렸지만 폐부가 눌리는 통증에 소리도 내지 못했다. 헛바람만 새어 나오는 사이, 무성은 오른발로 그의 정강이를 쓸어 버렸다.

퍽! 퍽!

결국 무릎까지 박살이 나며 마구유는 그대로 제자리에 허물어졌다.

"컥! 크어어어억!"

마구유는 그나마 멀쩡한 왼팔로 몸뚱이를 부여잡으며 꺽꺽 소리를 질러 댔다. 숨이 턱 하고 막혀 억지로 쥐어내는 비명 소리.

무성은 무릎을 세워 마지막으로 마구유의 오른쪽 복부 아래를 쳤다.

기해혈. 하단전이 있는 자리다.

결국 마구유는 통증을 이기지 못했다. 두 눈을 뒤로 까뒤집은 상태로 입에 게거품을 물더니 그대로 혼절하고 말았다.

"단전을 부순 거냐?"

간독이 다가와 묻는다.

쓰러진 마구유를 내려다보는 눈길은 속 시원하다는 감정과 함께 놀라움이 공존했다. 이전에 보던 것과 달리 크게 일취월장한 무성의 실력에 놀란 것이다. 마구유는 그도 쉽게 상대하지 못한 신주삼십육성의 고수였다.

"아니. 점혈만 했어."

"하긴 단전만 부술 거면 그냥 편하게 목을 쳤겠지. 그럼 어쩌려고?"

"말했잖아? 필요하다 싶으면 우리 사람으로 만들 거야. 하지만 안 된다 싶으면······."

무성의 눈가에 스산한 살기가 감돌았다.

"베어야겠지."

사실 혈랑단이 대막에서 저질렀던 악행들은 그도 들은 바가 있었다. 보통 때의 그였다면 가차 없이 쳐 냈겠지만, 달라진 눈높이가 행동 하나하나에 여유를 두게 만들었다.

"나보다 더 독해졌구만."

간독은 혀를 '쯧!' 하고 찼다.

무성은 마구유의 목덜미를 쥐고 걸음을 옮겼다. 마구유가 축 늘어진 채로 질질 딸려 왔다.

쾅!

무성은 발로 문을 세게 걷어찼다.

안에는 백여 명에 달하는 혈랑단의 무사들이 부리부리하게 눈을 뜨고 있었다. 그들 사이로 찐득하고 끈적끈적한 냄새가 감돌았다.

'마약.'

정확하게는 양귀비의 향이다.

맡는 사람으로 하여금 황홀경을 가져다준다는 약초.

사실 제아무리 무성이 근래 영운해법을 개발하며 수련을 거듭했다지만, 마구유를 쉽게 제압할 만큼은 아니었다.

그런데도 가능했던 이유가 바로 여기에 있었다.

제아무리 강한 고수라 한들, 약에 취해 정신도 온전치 못한 자가 어찌 제대로 칼을 휘두를 수 있을까.

무성은 혈랑단에 대해 딱 한 가지 정의를 내렸다.

'쓰레기.'

이런 자들을 다루는 법은 단 하나.

'확실히 서열을 각인시켜야 해.'

무성은 놈들에게로 마구유를 집어던졌다.

챙그랑!

마구유와 함께 양귀비를 담은 향로가 같이 떨어져 바닥을 나뒹군다. 아직 덜 태운 양귀비가 아무렇게 널브러졌다. 까만 재와 섞여 다시는 쓸 수 없게 되어 버렸다.

"단주!"

"네놈이!"

혈랑단원들은 저마다 분기탱천하더니 각자 병장기를 들며 무성에게로 달려들었다.

마약에 잔뜩 취했으니 제대로 된 판단도 내리지 못한다. 그냥 단순히 욱한 감정에 휩쓸려 몸을 던지는, 아주 멍청한 짓을 하고 있었다.

무성은 주먹을 말아 쥐었다.

손목에서 보이지 않는 실, 영주가 스멀스멀 올라오더니 마치 먹이를 몸으로 돌돌 감싸는 구렁이처럼 주먹을 가득 감쌌다.

수투(手套)다.

무성은 염력의 총화인 영주를 단순히 염동에만 사용하지 않았다. 다채롭게 사용하는 법을 연구하다 무기의 형태로 만드는 법을 터득했다.

이렇게 수투의 형태를 띠게 되면 주먹 안에서는 금구환의 신기가 꽉 차고, 밖에서는 염력이 감싸는 형태가 되니 위력이 배로 증폭되는 효과를 낳았다.

쾅!

무성은 진각을 세게 밟아 녀석들에게로 달려들었다.

용천혈에서 일시적으로 분출된 공력 역시 영주가 담겨 있는 바, 강한 충격파가 몸을 그대로 앞으로 밀어주는 형태가 되었다.

당연히 그 속도는 발군이라 할 수 있는 바!

혈랑단의 눈에는 무성이 아래로 훅 꺼졌다가 바로 코앞에 나타난 것처럼 보였다.

쐐애액!

무성은 가장 먼저 앞에 있던 자의 복부를 갈겼다. 마구유 다음으로 혈랑단에서 가장 강해 보이는 자였다.

퍽!

"컥!"

혈랑단원은 헛바람을 가득 삼키더니 흉골이 잔뜩 부러진 채로 허물어졌다. 들고 있던 칼에 맺혀 있던 도기는 어디에도 써지지 못하고 허망하게 꺼졌다.

그때 목과 허리춤을 갈라 오는 칼바람이 있었다.

쉭!

무성은 몸을 좌측으로 틀며 연타를 날렸다.

허리를 갈라 오던 녀석은 칼이 통째로 분질러지며 충격파를 이기지 못하고 벽 쪽으로 크게 튕겨 났고, 목을 베려던 녀석은 위쪽으로 튀어 오르는 수도(手刀)에 팔뚝이 그대로 으스러졌다.

아마 이 모습을 석대룡이 보았다면 소스라치게 놀랐으리라.

은로십이형!

도법으로도, 창법으로도 구현이 가능한 절기가 권장지각으로 펼쳐진 것이다.

하지만 놀라움은 거기서 그치지 않았다.

무성은 반대쪽인 우측으로 돌리며 좌수를 활짝 펼쳐서 공간을 격타했다.

쾨―앙!

무성이 딛고 있던 공간이 통째로 울린다.

마치 유리창이 떨리듯이 미약한 공진과 함께 퍼진 진동파는 단숨에 해일처럼 커지며 주변에 있던 무사 열 명을 그대로 덮쳤다.

쌍룡공진, 조철산이 쌍창을 두들겨 파생된 진동파의 묘리가 담겨 있었다.

쉬쉬쉭!

무성의 양손이 수도를 세우며 허공을 내긋는다.

공간 사이로 단면이 슬쩍 그어지더니 틈 사이로 강한 칼바람이 폭풍처럼 휘몰아쳤다. 고황의 참광도풍이다.

칼바람은 뒤쪽에서 호시탐탐 끼어들 시기를 가늠하고 있던 혈랑단원들에게 있어 재앙과도 같았다.

한 놈만 상대하면 된다고 생각했던 것이 갑자기 보이지 않는 적을 상대하는 것과 같은 꼴이 되고 말았으니!

하물며 강기에 버금가는 예리한 칼날을 자랑하는 칼바람은 모조리 놈들의 병장기를 댕강 잘라 버렸고, 더불어 안쪽으로 깊게 들어가 몸을 길게 그어 버렸다.

결국 십수 명의 혈랑단원이 단숨에 허물어졌다.

삽시간에 이십여 명에 가까운 혈랑단원이 무기를 잃고 쓰러졌다.

놈들은 무성이 선보이는 압도적인 신위에 짓눌려 사색이 되고 말았다.

약에 취하면 감정이 앞선다.

분노보다 두려움이 커지고 말았으니 어떻게 움직일 수 있을까!

결국 그들은 제대로 된 진형을 갖춰 저항을 했으면 어느 정도 승부수를 띄울 수도 있었을 것을, 무성의 기백에 자진 납세해서 눌리는 멍청한 결과를 보이고 말았다.

승세가 단숨에 무성 쪽으로 기울었다.

츠츠츠!

무성은 천리비영이 자랑하던 경신술, 멸형유로를 가감 없이 펼쳐 보이며 남은 놈들을 착실히 제압해 나갔다.

쿵!

결국 마지막 남은 혈랑단원이 힘을 잃고 주저앉자, 깊은 적막이 내려앉았다.

무성은 그제야 손길을 거뒀다.

"후우……."

짧게 내쉰 숨결과 함께 피로가 토해진다.

손을 휘감던 영주가 언제 그랬냐는 듯이 도로 기맥으로 자취를 감췄다.

'일단 영운해법의 기틀은 완성된 셈인가?'

무성은 크게 걱정했던 바가 무사히 끝났다는 사실에 살짝 미소를 지었다.

"미쳤어."

간독이 작게 중얼거렸다.

이번에는 욕지거리가 아닌 탄성에 가까웠다.

무성이 선보인 압도적인 신위.

신주삼십육성마저도 아래로 두는 실력에 혀를 찰 수밖에 없었다.

하지만 감흥도 잠시.

"어디서 기연이라도 얻었나?"

간독이 입술을 삐죽 내밀며 투덜거렸다.

자신 역시 근래 깨달은 바가 있어 남궁청과 당회를 잡을 수 있었다고는 하나, 사실상 암습을 이용한 기책에 불과했다.

저런 실력을 보일 자신은 없었다.

"있었어요. 기연."

혼잣말에 가까운 질문이었지만, 남소유가 대답해 줬다.

"무신?"

"예."

"제길! 부럽구만."

간독은 혀를 끌 하고 찼다.

"부러워해서는 안 돼요. 우리가 후방에 있는 동안 무성은 수없이 많은 사선을 넘나들었으니까요."

"알아. 그냥 해 본 소리야."

간독은 씁쓸하게 웃었다.

무성이 얼마나 모진 고생을 했는지, 남소유를 제외하면 세상에서 그가 가장 잘 안다.

"그러니 내가 저놈을 미워할 수가 없지."

무성은 영운해법의 시도가 성공했다는 사실에 흡족해 했다. 사실 영운해법은 동공이다. 또한, 그 자체로 무공이다.

따로 초식이 존재하지 않는다. 오로지 흐름. 상황에 맞는 재빠른 판단과 동작만이 있을 뿐이다. 탈각을 이루기 전에 익혔던 무공들을 모두 하나로 통합한 결과였다.

때문에 무성은 과연 영운해법이 제대로 된 길을 가고 있는지 항상 의문을 던졌다. 처음으로 무공을 만드는 것이다 보니 어려울 수밖에 없었다.

그래서 편법을 택했다.

영목과 영주를 이용해 동작을 구현하되, 각 상황에 맞는 초식을 구현하기로.

그래서 기억하는 모든 초식의 전개가 가능해졌다.

비록 그 속에 깃든 심오한 이치, 비의, 구결을 비롯해 내공 순환 등은 알 수 없어 똑같이 구현할 수는 없을 것이나, 필요한 요소는 쏙쏙 뽑아낼 수 있었다.

덕분에 무성은 장로들의 무공을 일부 발췌하여 전개해 보았다.

결과는 성공적이었다.

공력의 순환은 절대 막힘이 없었다. 도리어 영목은 금구환의 신기를 돌리는데 있어서 무성의 신체 조건에 알맞게 무공을 일부 변환시키는 결과를 보이기도 했다.

무성은 백율에 한 걸음 다가갔다는 생각에 흡족해하며 간독을 돌아보았다.

"다음 사람들을 불러줘."

"또 두들겨 패려고?"

"덤비지만 않으면."

"이놈들은 그래도 내가 고르고 고른 놈들이니까 좀 적당히 해. 망가지면 기껏 완성되는 비선만 정지된다고."

간독은 툴툴 대면서 옆방과 연결된 문을 열었다.

그곳에는 잔뜩 긴장한 사내들이 있었다.

하지만 그중에서도 유독 침착함을 찾으려는 여인이 눈에 띄었다. 내색하지 않으려 해도 긴장을 완전히 숨길 수는 없었는지 이마에는 식은땀이 맺혀 있었다.

무성은 단번에 여인의 정체를 간파했다.

독존이 자랑한다는 애완동물. 만독부의 지낭.

'염호리.'

목단영이었다.

第三章

문파의 기틀

목단영은 자신의 신세가 참으로 처량했다.

사천 성도에서부터 쫓기듯이 출발해 동정호로, 다시 동정호에서 납치되다시피 하며 낙양으로 오기까지.

만독부에서는 사부님에게 아양 떨고 머리나 굴리는 애완동물이라며 비아냥거림을 받았다. 그러다 공을 세울 수 있는 기회라 여겨 동정호로 왔다가 당회와 남궁청의 멍청한 수작에 뜻을 펼치지 못하고 결국 목숨만 부지하게 되었다.

대체 어쩌다 이런 신세가 되고 말았을까?

'진무성이라는 자도 똑같겠지.'

사실 간독과 혈랑단 사이에 있으면서 정조를 더럽혀지는 것까지 각오했었다.

다행히 남소유가 있어서 그런지 욕은 보이지 않았다.

하지만 긴장의 끈을 놓칠 수는 없다.

이곳은 강호. 언제 약자가 잡아먹힐지 모르는 곳이니.

그런데 무성을 직접 목격한 순간, 그녀는 살짝 놀랐다.

'어리잖아?'

분명 청년의 모습을 하고 있지만 이목구비에서 앳된 인상이 남아 있다. 과연 간독이 따르는 자가 맞나 싶을 정도다.

하지만 목단영은 섣불리 판단 내리지 않았다.

그냥 어려 보이는 걸 수도 있다. 단순히 상대의 외양을 보고 잣대를 들이대는 어리석음을 범하지는 않았다.

특히나 무성이 풍기는 기도가 거슬렸다.

예리하게 감춰진 칼날 같은 기도. 아니, 아슬아슬하게 끝에 걸쳐진 낭떠러지 같다고 해야 할까. 전체적으로 위험한 냄새가 풍겼다.

'대체 정체가 뭐지?'

목단영이 쭈뼛 대는 사이,

"들어와."

간독이 턱짓을 했다.

목단영은 침을 꼴깍 삼키며 안으로 들어왔다.

다른 사내들은 섣불리 움직이지 못하고 눈치를 보다가 간독의 눈매를 마주하자 소스라치게 경기를 일으키며 부랴부랴 목단영을 따랐다.

하지만 그들은 방 안으로 들어오는 순간, 바닥에 널브러진 혈랑단을 보고 몸을 바들바들 떨었다.

목단영의 눈가엔 이채가 어렸다.

'진무성, 저자가 한 일이야. 세상에! 마구유가 나가떨어지다니!'

목단영은 무성에 대한 평가를 고쳐야 했다.

최소 신주삼십육성급으로. 그것도 상위권이다.

"소개."

간독의 말이 끝나기 무섭게 사내들이 앞으로 나섰다. 반대로 목단영은 슬쩍 뒤로 빠졌다. 잠시 동안 상황을 지켜볼 생각이었다.

"도, 독사입니다!"

"식귀라고 합니다, 형님!"

무성보다도 한참 연상인 이들이 '형님'이라고 한다. 무성의 입가에 쓴웃음이 걸렸다.

소개가 이어졌다.

"흐, 흑룡채(黑龍寨)의 잔도(殘刀)라고 합니다!"

"소염방(素鹽幇)의 백강(白强)입니다요."

"만선패(滿船牌)의 풍선(風船)이요."

"하오문(下汚門) 악양 지부의 규(糾)입니다."

"태청상단(太淸商團)의 고상(高相)이라 하오."

모두 다섯 사람이었다.

간독이 설명을 덧붙였다.

"흑룡채는 동정호의 군도에 터를 잡은 수적이다."

"아직 이렇다 할 수적이 남아 있었나?"

동정호의 동정십팔채나 장강의 장강수로채 등이 무신련과 쌍존맹에 의해 불살라진 것은 널리 알려진 일. 그마저 남아 있던 동정채도 무성에 의해 무너졌다.

"수채는 모조리 박살 났다고 해도 잔챙이들은 남아 있는 법이지. 그런 어중이떠중이들이 모였어. 그런데 그 숫자가 제법 되더군. 북련과 남맹의 충돌 속에서 살아남으려면 단합해야 한다고 저들끼리 관계도 돈독히 하고 있더라고. 그래서 총수인 흑룡채를 끌어들였지."

말은 저렇게 하지만 배후에서 흑룡채를 조직해 크고 작은 수적들을 연결시킨 이가 간독이다. 중원의 모든 물줄기가 그의 손아귀로 흘러든 셈이다.

"소염방은 밀염을 주로 하는 밀무역상이야. 강과 하천만 있어서는 안 될 것 같아서 바다 쪽과도 신경 썼지. 만선패는 알다시피 뱃사공 연합이고."

"따로따로 노는 사람들을 한데 묶었군."

"하오문의 도움이 컸지."

"과, 과찬의 말씀이십니다!"

간독이 사이하게 웃으며 규를 보았다.

규는 재빨리 넙죽 허리를 숙였다. 안색이 창백하고 식은 땀이 삘삘 흘려 댄다. 간독 아래에서 얼마나 많은 고생을 했는지 알 수 있는 대목이었다.

'상계는 모든 정보가 모이는 곳. 특히 이동과 교역이 잦은 물 위는 더 민감해. 이들을 토대로 비선을 만들다니. 거기다 하오문까지 끌어들였어.'

목단영은 보면 볼수록 뛰어난 간독의 수완에 놀랐다.

간독은 단순한 무뢰배 따위가 아니었다. 강호의 음지를 잠식해 나가는 맹수였다.

"그리고 태청상단은 장사상회 산하로 방효거사가 소개해 준 이들이지."

"거사님께서?"

"본 상단은 어제 부로 장사상회에서 탈퇴를 하여 독자적인 노선을 걷기로 하였소."

고상의 말에 간독이 설명을 덧붙였다.

"네가 독립을 하기로 한 것을 알고 따로 지원책을 내주기로 했단 뜻이지. 방효거사, 그 늙은 구렁이가 정말 말한 것처럼 상회를 고스란히 통째로 무신련에다 갖다 바칠 위인은 아니잖아? 키키킥!"

간독은 무신련에 오면서 이미 방효거사와 면식을 익혔다.

"회주께서는 무신련의 재상이 되셨지만 개인적으로 귀병가와의 관계도 돈독히 하시고자 이런 선택을 하셨소."

고상은 다른 네 사람과 다르게 뻣뻣한 자세를 고수했다. 아무래도 방효거사의 명령을 받는 입장이니 다른 자들과 다르다는 것을 알리려는 뜻인 듯했다.

무성이 입을 열었다.

"좋아. 그럼 이들은 비선당(秘線堂)이라 하지. 운영과 세부적인 개편은 여태 했던 대로 총관이 맡아."

"쉴 시간이 없구만."

툴툴 대면서도 기분은 좋은지 간독은 작게 키득거렸다. 귀병가를 만들면서 조직한 결과가 스스로도 흡족한 모양이었다.

"당(堂) 아래에는 향(香)을 둔다. 향주는 독사와 식귀, 너희 둘이 맡아. 독사는 흑룡채를, 식귀는 소염방과 만선패를. 그리고 세부적인 편제는……."

간독이 사내들을 이리저리 부리는 그때,

"저는 어쩔 생각이신가요?"

눈치를 보던 목단영이 앞으로 나섰다.

여태 상황을 지켜보면서 마음속 결정을 내렸다.

무성이 무표정한 얼굴로 물었다.

"당신은 뭘 할 수 있소?"

"아실지 모르지만 부족하나마 만독부에서 지낭 소리를 듣던 저예요. 문파를 만드신다고 하셨나요? 그럼 군사 자리를 주세요. 천하제일문(天下第一門)으로 만들어 드리겠어요."

속에 담긴 말을 쏟아낸 목단영은 입을 꾹 다물었다.

'내 모든 걸 던져야 해!'

간독은 이미 많은 것을 가졌다. 스스로 독립해 따로 일가를 이뤄도 부족하지 않다. 그런데도 자신보다 한참이나 어린 진무성에게 전부 내주려고 한다.

무성도 마찬가지. 간독을 계속 그 자리에 두면 자리가 불안할 텐데도 그냥 그대로 둔다.

두 사람 사이에 절대적인 신뢰가 있다는 뜻이다.

상황을 지켜보는 남소유도 마찬가지. 절대 개입을 하지 않는다. 도리어 당연하다는 듯이 여기고 있다.

이런 문파는 무너지지 않는다.

아니, 절대 무너질 수가 없다.

온갖 시련과 고난이 닥쳐도 꿋꿋이 버티고 이겨 낼 테니까. 그만한 저력이 있으니까.

실제로 무신련이라는 거대한 조직과 부딪치고도 여태 버텨오지 않았는가. 심지어 아주 잠깐이지만 쌍존맹도 어쩌지 못한 무신련을 흔들기까지 했다.

그런 그들이 이제 양지로 나선다고 한다.

'강호에 풍운이 불거야! 쌍존맹도 어쩌지 못할 정도로! 어쩌면 무신련에 유일한 대항마가 될 수도……!'

여태 서로가 서로를 의심하고 반목만 거듭하던 만독부에서 살아온 그녀였기에, 도저히 꿈과 희망을 펼칠 수 없는 상황만 살아온 그녀였기에, 이곳은 자신이 몸을 담아 뜻을 펼칠 수 있는 유일한 장소로 보였다.

더군다나 지금 기회를 잡지 않으면 평생 포로 신세를 면치 못할 수도 있었다.

"천하제일문이라……."

무성이 작게 읊조린다.

목단영은 잔뜩 긴장에 잠긴 상태로 무성의 입을 가만히 주시했다. 당당하게 외친 것과 달리 눈빛은 떨렸다.

이 대답 여하에 따라 무성의 그릇도, 자신의 미래도, 그리고 향후 강호의 판세도 가늠할 수 있다.

"좋아. 주겠소."

"아!"

이렇게 너무나 쉽게 허락이 떨어질지 몰랐기에 목단영은 저도 모르게 탄성을 흘렸다.

"그런데 그 정도로 되오?"

"예?"

긴장이 탁 하고 풀리니 다리가 후들후들 떨린다.

그래서 저도 모르게 얼빠진 어투로 반문했다.

"군사란 한 문파의 미래를 책임지는 막중한 자리요. 일개 부처인 다모각이 무너진 것만으로 무신련이 정지됐던 것을 떠올려 보시오. 그런데 혼자서 되겠소?"

목단영은 그제야 말뜻을 알아차렸다.

"사람을…… 데려와도 되나요?"

"얼마든지."

"모두 성도에 있어요. 그들을 데려오려면 단순히 서신이 아니라 제가 직접 가야만 해요."

"다녀오시오."

"……!"

"나는 내가 한번 믿기로 한 사람은 끝까지 믿소. 그대가 이걸 핑계로 만독부로 돌아간다면 내가 사람을 잘못 본 것이고, 공언한 대로 책사들과 함께 돌아온다면 제대로 본 것이겠지."

"······당신은 크군요."

목단영은 인정해야 했다.

무성이 가진 그릇의 깊이와 넓이를.

그녀는 포권을 취했다.

"이 염호리 목단영, 주군의 명령을 따르겠어요."

목단영은 금세 자리를 떠났다.

"사부님, 아니, 독존은 무신에 대한 두려움이 커요. 아마 곧 벌어질 토벌대에 대비해 폐화령을 내릴 거예요."

"폐화령?"

"당가타 주변 일대를 사지로 만드는 극악한 방식이에요. 누구도 접근할 수도, 벗어날 수도 없죠. 사혼멸지가 완성되기 전에 제 사람들을 빼내 오겠어요."

그 말을 끝으로 목단영은 남소유의 도움을 받아 무신련을 나섰다.

간독이 묘한 눈으로 무성을 보았다.

"이 애송이 자식이! 다 잡은 물고기를 풀어 주면 어떡해? 그러다 우리 쪽 정보가 다 새어 나가면 어쩌려고?"

"왜? 아까워? 보니까 예쁘긴 하던데. 네 취향이었어?"

"이 새끼가?"

간독이 쌍심지를 켜자, 무성이 피식 웃었다.

"지금은 붕어지만 곧 잉어가 되어 돌아올 거야."

"뭘 믿고?"

"감!"

"감?"

간독은 황당하다는 표정을 지었다.

무성이 말없이 웃기만 했다.

'대체 그동안 뭘 보았던 것이냐?'

간독은 한낱 애송이에서 어엿한 가장이 될 정도로 훌쩍 커 버린 조카 같은 아이를 대견하다는 듯이 보았다.

그가 어찌 알까?

방금 전 무성이 목단영에게 내뱉은 말은 백율이 방효거 사에게 했던 것과 똑같았다는 사실을.

그러다 무성이 이쪽을 보자, 표정을 재빨리 숨겼다.

왠지 이런 속내를 들키기가 싫었다.

"그럼 대강 조직도는 만들어졌고. 이제 이놈들은 어쩔 건데?"

간독은 바닥에 쓰러져 있는 마구유의 얼굴을 발끝으로 툭 하고 밀었다.

"글쎄. 녀석들 하기 달렸지."

"아직도 첩첩산중이구만."

간독은 입술을 삐죽 내밀며 툴툴거렸다.

혈랑단이 눈을 뜬 것은 약 반 시진 후였다.

"제길."

마구유는 눈을 뜨자마자 욕지거리를 내뱉었다.

몸이 무겁다.

망가질 대로 망가진 것 같다. 아니, 부서진 것만 같다. 누더기가 되어 축 늘어졌다. 내공을 뽑아 움직여보려 했지만 단전이 꿈쩍도 하지 않았다.

혹시 단전이 부서진 것일까, 허겁지겁 알아보니 다행히 단전은 멀쩡했다. 아무래도 점혈을 가한 모양이었다.

내공이 제압되었다는 것은 무인으로서 수치다.

마구유는 잔뜩 얼굴을 일그러뜨렸다.

저 멀리 무성이 다리를 꼰 채로 그를 내려다보고 있었다.

경멸과 비소가 가득한 얼굴로.

"놈……!"

"닥쳐."

"……!"

마구유는 목을 옥죄는 보이지 않는 압박감에 도무지 말을 이을 수가 없었다.

무형지기 따위가 아니다.

위엄.

오로지 군왕의 자질을 지닌 자만이 보일 수 있다는 힘이었다.

'무신!'

왜 갑자기 그자가 떠오른 것일까.

아주 오래전에 마구유는 직접 백율을 대면할 기회가 있었다. 혈랑단이 대막에서 크게 날뛰자, 토벌을 위해 직접 몸을 드러낸 것이다.

마구유는 눈치껏 뒤로 내빼 큰 피해를 보지 않았다.

하지만 당시에 받은 강렬한 기억은 두고두고 뇌리에 박혀 도저히 지울 수가 없었다.

"몸부터 추슬러. 내려다보고 있으려니 목이 아프니까."

마구유는 몸에 뼈란 뼈는 모조리 박살이 난 채로 어떻게 일어나냐며 소리를 버럭 지르려다가 문득 오른팔에 힘이 실리는 것을 보고 화들짝 놀랐다.

분명히 관절이 반대쪽으로 뒤틀리지 않았던가!

그런데 오른팔은 멀쩡했다. 아무런 통증도 없이 쉽게 손을 쥐었다 폈다 할 수 있었다. 도리어 힘이 잘 실렸다.

다른 신체도 마찬가지였다.

스스로 일어났다. 분명 정강이 아래가 박살 났었건만.

몸뚱이 전부가 그랬다. 싸우기 이전과 똑같았다.

아니, 훨씬 좋았다.

마치 숙면을 취한 것처럼 몸이 가볍다. 항상 몸을 무겁게 만들던 피로와 약 기운이 모조리 빠져나갔다. 단전만 움직이지 않다뿐이지 육체는 개운했다.

"대체…… 무슨 짓을……?"

"알 것 없고. 일단 딴 놈들도 깨워."

마구유는 따르지 않았다.

멍청이가 아니라면 무성이 자신에게 추궁과혈을 해 주었다는 것을 알 수 있었다. 그건 아마도 자신뿐만 아니라 다른 혈랑단도 마찬가지일 터.

무성이 무슨 생각을 하는지 알아낼 때까지 경계해야만 했다.

하지만 무성은 그런 의문에다 기름을 더 끼얹었다.

툭!

갑자기 품속으로 손을 밀어 넣더니 책자 하나를 꺼내 혈랑단 앞에 던졌다.

곤호심법.

처음 보는 무공이었다.

"당분간 그걸 익혀. 때가 되면 점혈도 알아서 풀릴 테니."

마구유의 인상이 일그러졌다.

"대체 무슨 짓이냐고 묻지 않느냐!"

"당장 새로운 무공을 처음부터 익히려니 힘들 테지만 성공하면 후회는 하지 않을 거야. 꽤 강해질 테니까. 어쩌면 나보다 더."

마구유는 '강해진다'는 말에 혹했지만 분노는 가라앉지 않았다.

"네놈!"

"동정호 부근에 남들 눈에 잘 띄지 않는 거처가 하나 있어. 수하들과 함께 들어가 조용히 지내. 당분간 무신련도 만독부를 상대하느라 너희들에게 관심이 없을 테니 들킬 걱정은 말고. 나중에 무공을 되찾거든 찾아와. 복수해야지?"

"……죽여주마."

마구유는 깨달았다.

녀석은 자신의 말 따윈 듣지 않고 있었다. 제 할 말만 떠들어 댔다.

대체 머릿속으로 무슨 생각을 하는지는 모르겠다. 분명 자신들을 데리고 무언가를 획책하려는 건 알겠지만, 남의 것을 약탈하면 약탈했지 천하의 혈랑단이 이렇게 남에게 이용당하고 살 수는 없었다.

이를 바득 갈며 차후를 기약했다.

네놈이 말한 대로 무공을 되찾거든 복수를 하겠노라고. 그다음에는 귀병가고 무신련이고 뭐고 모두 부숴 버리겠노라고.

목단영에 이어 혈랑단도 곧 자리를 떠났다.

비밀 거처까지 안내는 비선당이 맡았다. 특히 혈랑단의 기세에 여태 주눅이 들어야 했던 독사와 식귀가 가장 기세 등등했다.

그렇게 요란했던 대면이 끝나고 한적함이 감돌았다.

간독은 마구유가 마지막까지 보내던 살벌한 눈빛을 잊을 수가 없었다.

"귀병이라도 만들 셈이냐?"

"필요하다면."

"캬! 우리 가주 참 생각하는 거 대단해요. 그런데 이렇게 마구 퍼 줘도 되는 거야?"

간독은 무성의 회유책을 보며 속으로 혀를 내둘렀다.

무성은 상대에 따라 다른 면모를 보였다.

기회를 필요로 하는 목단영에게는 그릇의 넓이를 보여주었다. 강한 주군을 필요로 하는 흑도들에게는 강압적인 힘을 자랑했다. 반대로 쉽게 꺾이지 않는 혈랑단에는 시련과 분노를 같이 주어 새롭게 탈바꿈시켰다.

'뭐? 내가 능구렁이? 뭣도 모르는 놈들이나 지껄이는 소리지! 진짜 능구렁이를 몇 마리씩이나 삶아 먹은 놈은 이놈이라고!'

때리고 어르는 솜씨가 보통이 아니다.

한 번씩 녀석을 볼 때면 그 나이 때가 맞나 싶을 정도였다. 한유원이 가르치긴 정말 제대로 가르쳤다.

"곤호심법을 익히려면 상당한 고련이 필요하지. 평생 약과 술에 취해 살던 놈들의 정신력으로는 힘들 거야."

간독은 그제야 무성의 의도를 눈치챘다.

"대가리 속부터 몽땅 뜯어 고치겠다?"

"어차피 살아 있어 봤자 사람들을 해하기만 할 놈들이잖아? 고련을 겪고 나면 깨닫는 게 있겠지. 때론 단합된 목표가 강한 결과를 낳기도 하니까."

무성은 스스로 녀석들의 원한 상대가 된 셈이다.

"그래도 대다수가 나가떨어질 텐데?"

"몇 명만 건져도 충분해. 어차피 우리에게 필요한 건 머릿수가 아니잖아?"

"독한 새끼."

무성은 대답 대신 미소를 지었다.

간독이 피식 웃었다.

"그래도 여태 낑낑 앓으면서 끌고 다니던 속은 다 후련하구만. 키키킥!"

말하지 않아서 그렇지 그동안 어디로 튈지 모르는 혈랑단 때문에 간독의 속이 썩어 문드러진 적이 한두 번이 아니었다.

무성의 주먹에 모조리 나가떨어질 때는 왜 그리도 속이 시원하던지.

"자, 이제 내부 정리도 끝났으니 이제 뭘 할 거냐? 개파식이라도 거창하게 열어야 하는 것 아닌가? 터는 어디에다 잡을 거고, 건물은 어떻게 할 거고, 신경 써야 할 점이 한두 가지가 아닌데?"

"개파식보다 먼저 얻어야 할 것이 있어."

"뭔데?"

"무명(武名)."

"……!"

"이름이 없는 문파는 단순히 그저그런 무관에도 미치지 못해. 이왕에 문파를 세울 거면 아주 크게 해야 하지 않겠어?"

간독은 무성의 말에 가슴이 두근거렸다.

'이놈! 확실히 재미있단 말이지!'

간독은 성인 이후로 자신을 이렇게 들뜨게 만들었던 무언가가 있었나 떠올려 보았다. 바싹 마른 아랫입술을 혀로

축였다.

"어떻게?"

"비무행을 돌 거야."

문득 무신 백율의 전설이 떠올랐다.

삼백예순여덟 번의 전투, 삼백예순여덟 번의 승리.

전승가도의 신화를 써 내려가며 입지를 갖췄던 무신의 전설.

무신행(武神行).

무성은 그것을 따라 하고자 하고 있었다.

"어디부터 돌 건데?"

무성은 당연하지 않느냐는 투로 답했다.

"소림사."

                    *   *   *

무성은 간독, 남소유와 함께 무신련을 나섰다.

이미 귀병가의 토대를 마련하기 위한 안배는 모두 설치해 두었다.

그중 몇 가지나 수확할 수 있을지 모르겠다.

하지만 지금은 당장의 비무행에 집중할 생각이었다.

"떠나려 하시는가?"

정문을 나서는 무성 앞에 문인산이 기다리고 있었다.

간독과 남소유가 급히 인사를 올렸다. 간독은 귀병가 외의 사람에게 오만한 자세를 취하는 편이지만, 무신련에 있으면서 그들을 많이 배려한 이가 문인산이라는 것을 알고 있기 때문에 감사한 마음을 갖고 있었다.

"예."

무성이 쓸쓸하게 웃으며 고개를 끄덕였다.

최대한 조용히 떠나고 싶었건만 뜻대로 되지 않았다.

그들이 머문 숙소에는 각각 백율과 홍운재 장로, 방효거사, 그리고 문인산에게 보내는 서찰을 남겨두었다.

"못된 사람 같으니. 같이 꽃구경 하자더니 이리 훌쩍 떠나는 게 어디 있나?"

"나중에 제 뜻을 어느 정도 이루고 나면 찾아뵈려 했습니다. 설마하니 화원이 그때라고 남아 있지 않겠습니까? 도리어 더 아름다워져 있겠지요."

문인산은 목숨을 구해 준 은인이다.

그 은혜는 단순히 말 몇 마디로 끝낼 수 없다.

그래서 보여 주고 싶었다.

나중에, 시간이 흐르고 난 한참 후에 어엿하게 성장한 자신을.

문인산은 그를 상징하는 포근한 미소를 보였다.

"뜻을 세웠나?"

"예."

"그 어린 나이에 벌써? 나는 자네 만할 때 노는 것밖에는 생각 안 했는데 말일세. 기특하구만."

문인산이 전송했다.

"다음에 봄세."

"그동안 별 탈 없으시길."

무성은 허리를 숙였다.

백율이 그에게 길을 끌어 준 아버지 같은 존재였다면, 문인산은 그에게 사랑을 전해 준 어머니 같은 이었다.

*   *   *

방효거사는 자신을 방문한 고상을 보았다.

"그들이 떠났다고?"

"예."

"내 도움도 필요 없다고 했다면서?"

"죄송합니다."

고상은 면목이 없다는 듯이 고개를 숙였다.

"아니다. 그들이라면 그럴 법도 하지."

방효거사는 고개를 저으며 말했다.

"그래도 사람을 붙여 뒤를 몰래 밟으며 필요할 때는 도와주도록 해. 무신련 외에도 새로운 끈이 있으면 좋지 않은가?"

"회주께서는……."

"재상."

"죄송합니다. 정정하겠습니다. 재상께서는 어찌 그리도 진무성과 동료들을 높이 평가하시는 것입니까?"

"왜 높이 평가하냐고? 당연하지 않은가?"

방효거사는 뭔 그리도 멍청한 질문을 하느냐는 투로 자답했다.

"당연히 돈이 되기 때문이지."

일순, 고상의 눈이 반짝거렸다. 그가 고개를 숙였다.

"하면 분부하신 대로 따르겠습니다."

"너와 나는 이제 남남이다."

"예. 저는 이미 장사상회를 탈퇴한 일개 장사치에 지나지 않습니다."

묘한 말을 남긴 고상은 자리를 떠났다.

방효거사는 의자에 몸을 뉘었다. 피식, 웃음이 나왔다.

"결국 이리되었구만."

그는 무성에게 무신련을 잡아먹으라 말을 했지만, 실상 무성이 남아 있지 않으리란 것을 어렴풋하게나마 짐작하고 있었다.

녀석은 절대 어딘가에 담길 그릇이 아니었으니.

"그러니 그 아이가 돌아올 때까지 나도 제대로 된 무대를 마련해 둬야겠지."

방효거사는 비록 육체는 무신련에 있어도 영혼은 귀병가에 있다고 생각했다.

그는 탁상 위에 탑처럼 쌓인 서류를 한쪽 옆으로 치우고 문방사우를 꺼내 일필휘지로 글을 써내려갔다. 뛰어난 악공답게 글씨도 대단한 명필이었다.

안(案), 천하경략(天下經略)

이미 백율은 독천을 맹세했던바.

방효거사는 이를 바탕으로 어떻게 무신련을 운영할지를 고민했다.

고민은 짧았다.

유려한 글씨체로 한참이나 적어 내렸다.

방효거사는 그렇게 똑같은 내용의 서찰을 두 개 작성하고, 먹이 마르기를 기다렸다가 각각 서로 다른 봉투에 밀어 넣었다.

방효거사는 만족어린 표정을 짓고는 탁상 한쪽에 둔 종

을 꺼내 울렸다.

따라랑.

곧 문을 열고 두 여인이 다소곳한 자세로 들어왔다.

한 명은 날카로운 인상을 자랑하고 있었는데 어딘가 모르게 푸짐한 인상의 방효거사를 드문드문 닮았다. 다른 한 명은 청초한 외양을 가진 여인이었다.

둘 모두 빼어난 미녀들이다.

오늘날 무신련 내에서도 미모가 대단하기로 유명한 재상부(宰相部)의 쌍화(雙花), 방소소와 유화였다.

방효거사는 두 사람을 흐뭇하게 바라보았다.

둘 모두 자신이 딸처럼 여기는 아이들이다.

방소소는 진짜 딸이다. 그녀는 이번 일을 계기로 조금씩 마음을 열기 시작했다. 그래도 여전히 일에 대한 욕심이 강해 장사상회의 후신이라 할 수 있는 우부(右部)를 맡겨 련의 자금 집행을 담당하게 했다.

유화는 이제 그의 제자였다. 무성에게 동정호로 돌아갔다고 말한 것과 달리, 그녀는 무성에게 조금이라도 도움이 되고 싶다며 남기를 간청했다.

덕분에 그녀는 방효거사에게서 악기뿐만 아니라, 조직을 이끄는 여러 방식을 배우는 중이었다. 다행히 아주 영민해 가르친 바를 금방금방 습득해 아주 만족스러웠다. 지금은 좌부(左部)를 맡겼다.

방효거사는 두 여인에게 서로 다른 서찰을 내밀었다.

"이것들을 각각 대호궁과 거룡궁에 갖다 주어라."

방효거사는 절대 질문을 허락지 않는다.

두 여인은 공손하게 서찰을 받고 방을 빠져나갔다.

방효거사는 그들을 일별하고 가만히 눈을 감았다.

"과연 다음에 봤을 때는 또 어떻게 변해 있을지. 참으로 궁금하구나."

*　　　*　　　*

"진무성이 떠났다고?"

영호휘는 영호산의 보고를 받았다.

연회장에도 참석하지 않고 거룡궁에서만 두문불출하며 퀭하게 내려앉은 두 눈은 음습함을 담고 있었다.

"예. 어찌할까요?"

"내버려 둬라. 놈이 사부님의 울타리를 벗어난 이상 언제고 잡을 수 있다. 도리어 내버려 두면 알아서 튀어 올라 잡기도 쉬워질 테지. 하지만 우리는 지금 우리 일만 처리하기에도 벅차다."

"존명."

영호휘는 사라지는 사촌동생을 뒤로 한 채 손에 들어쥔 서찰을 내려다보았다.

재상부에서 우부의 방소소를 시켜 보낸 서찰이다.

"큭! 역시 사부님의 눈은 피할 수 없는 건가?"

　　천룡회는 즉시 만독부를 쳐라.

서찰은 거룡궁이나 영호권가라는 말을 쓰지 않았다.

*　　　*　　　*

문인산은 무성 일행이 사라질 때까지 전송했다.

툭!

그때 옆으로 무영이 공간을 열고 나타나 부복했다.

"재상부에서 서찰을 보내셨습니다."

"읽어다오."

"예."

무영은 공손한 자세로 서찰을 펼쳤다.

하지만 눈대중으로 내용을 읽는 순간, 그의 표정이 미미하게 굳었다.

"좋지 않은 내용인가 보구나."

"주군, 련주를 뵈어 설득을……!"

"읽어다오."

"하오나!"

"괜찮다."

결국 무영은 문인산의 명령을 이기지 못하고 떨리는 목소리로 서찰을 읽어 내려갔다.

"련주께서 지난 병신일에 독천의 맹세를 선언한 지 오랜 시간이 흘렀다. 이제 그 뜻에 따라 련주의 뜻을 거부하는 만야월과 만독부를 세상에서 지우고자 하니. 대호궁주는 련주의 뜻에 따라 만야월…… 을 치는 임무에 앞장 서야 할 것이다…… 크흑!"

무영은 끝내 눈물을 참지 못하고 서찰을 구겼다.

이미 쭉정이만 남은 대호궁이다. 그런데도 병력을 일으켜 살존을 치라고 하다니.

물론 필요한 병력을 지원해 주겠지만 그래도 위험하다.

조용히 심산유곡에서 텃밭이나 일구며 평화롭게 지내고자 하는 그의 바람은 정녕 이뤄질 수가 없단 말인가.

"만야월이라? 거친 바람이 불겠구나. 거친 바람이."

넋두리인지 혼잣말인지 모를 문인산의 혼잣말만이 고즈넉하게 울려 퍼졌다.

第四章

숭산(嵩山) 소림사(少林寺)

"이공자가 당분간 진무성에게서 손을 떼라고 했다고?"

북궁대연이 눈을 게슴츠레하게 떴다.

금태연이 고개를 숙였다.

"예. 당분간 만독부를 공략하는데 중점을 둔다고 합니다. 귀병가는 언제든지 잡을 수 있다면서."

"기껏 힘을 실어주려 했더니 기어코 딴 짓을 하겠다고? 그렇게는 못하지."

북궁대연이 물었다.

"놈들의 행방은?"

"숭산으로 향하는 듯합니다."

"그러고 보니 귀병가의 계집이 소림 출신이었지."

북궁대연은 금태연에게 무언가를 건넸다.

가문의 신물, 북검패였다.

"너는 이걸 갖고 가서 검귀(劍鬼)와 함께 정주유가에 좀 다녀오너라. 서둘러야 한다. 놈들이 소림에 당도하기 전에 우리도 손을 써야 하니."

"존명."

금태연은 북검패를 공손하게 받아 사라졌다.

북궁대연이 시푸른 귀광을 번뜩였다.

"진무성, 네가 무신의 곁을 떠난 것이 얼마나 멍청한 행동이었는지를 깨닫게 해 주마."

*   *   *

무신련이 새로운 전쟁으로 떠들썩한 무렵.

낙양을 벗어난 무성 일행은 마차에 몸을 실었다.

낙양에서 소림사가 있는 숭산까지는 거의 지척이다. 마부의 말로는 많이 잡아도 사흘이면 충분하다고 했다.

'나는 이렇게나 사문과 지척에 있었구나.'

남소유는 창밖 너머로 보이는 광경에서 눈을 떼고는 품에 꼭 끌어안은 반검을 내려다보았다. 팔에 힘이 잔뜩 실렸다.

사부님이 남기신 유일한 유품.

숭산이 가까워질수록 반검의 떨림도 자꾸만 커졌다.

징, 징, 징!

자신이 태어난 곳이 가까워진다는 사실을 알아 반가워하는 것일까? 아니면 자신의 옛 주인을 앗아간 곳을 미워하는 것일까?

이유가 어찌 되었든 간에 반검은 계속 울어 댄다.

그리고 주인에게 뭐라고 외친다.

"미안해. 왜 난 아직도 네 말을 듣지 못하는 걸까?"

남소유는 가만히 눈을 감았다.

반검이 하고자 하는 말을 들을 수 있다면 지금의 혼란도 조금은 사그라질까?

'사부님.'

남소유는 작게 읊조렸다.

남소유는 무신련을 떠나기 전에 무성 모르게 따로 고황을 만났다.

목단영을 바래다주고 거처로 돌아가는 길목에서 고황이 기다리고 있었다. 척 보기에도 한창 떠들썩한 연회장을 몰래 빠져나와 피곤한 기색이 역력했다.

"이제야 이야기를 나눌 수 있게 되었구나."

"예."

남소유는 잔뜩 긴장했다.

상대가 강북십정에 해당하는 고수이니 홍운재의 장로이니 하는 사실은 중요하지 않았다.

그녀에게 가장 중요한 사실은 그가, 홍운재가, 백율이 돌아가신 사부님을 안다는 점이었다.

"길게 시간을 잡지는 않으마. 사실 너에게 우리는 원수나 다름없을 테니. 궁금한 것이 있으면 묻거라."

"홍운재와 사부님의 관계가 궁금해요."

"역시 그것이로군."

고황은 쓰게 웃으며 말했다.

"과거 우리는 네 사부에게 홍운재에 들어오지 않겠냐며 제의를 한 적이 있었다는 건 알고 있겠지?"

"예."

"실제로 몇몇 인사는 네 사부와 친분이 깊었다."

"그런가요?"

남소유의 말투는 쌀쌀 맞았다.

친분이 있었다지만 그들 중에 사부님의 장례식에 참석한 이는 아무도 없었다.

고황도 그런 기색을 읽고 고소가 짙어졌다.

"너는 잘 모르겠지만, 젊은 시절 네 사부는 대단한 고수였다. 혈나한 특성상 겉으로 무명을 드러낼 수는 없지만, 아는 사람들 사이에서는 제일가는 일인자였지. 백가 녀석만 나타나지 않았다면."

"······!"

"백가 녀석이 강호에 나와 행한 비무행. 남들이 무신행이라 이름 붙인 삼백예순여덟 번의 싸움 중 다섯 손가락 안에 꼽힐 정도로 대단한 전투를 벌였지."

남소유는 가슴이 두근거렸다.

사부님이 그렇게 대단한 존재이셨다니.

도무지 믿기지가 않았다.

그녀의 기억에 사부님은 언제나 산을 터전으로 조용히 살아가던 분이셨다. 무공을 드러내는 일은 거의 없었으며 틈만 나면 불경을 읽는 수도승이었다.

"만약 그때 놈들과의 일만 아니었다면 달마 이래 소림이 낳은 최고의 무승이 되었을지도 모르지. 아쉬운 일이었어."

"'놈들'이라니요?"

"듣지 못했느냐?"

"무슨 말씀이신지 모르겠어요."

"그럼 그건 몰라도 된다."

고황은 단호하게 말을 잘랐다.

남소유도 더 이상 묻지 않았다. 지금 그녀가 궁금한 것은 사부님에 대한 것이었다.

"알다시피 홍운재를 구성하는 치들은 대부분 백가 녀석의 비무행에 휩쓸린 이들이다. 나도 마찬가지고. 절반 이상이 백가 녀석이 싫다며 잠적하거나 튀었지만, 나머지는 놈이 가진 도량에 반해 뜻을 같이 하기로 했지. 그 가운데네 사부에게도 제의가 갔었다. 그것도 몇 번이나. 하지만 그때마다 네 사부는 거절했지."

"왜죠?"

"혈나한의 임무를 수행해야 한다는 둥, 몸이 예전 같지않아 거동이 불편하다는 둥, 핑계는 많았지만, 정작 진짜이유는 따로 있었지."

"……?"

고황이 잠시간 말을 끊고 남소유를 지그시 응시한다.

순간, 남소유는 심장이 덜컹 내려앉는 것 같았다.

고황의 눈매에는 슬픔, 후회, 미안한 감정 등이 뒤섞여있었다.

"바로 아이를 키워야 한다는 점이었다."

"……!"

"네 사부는 최대한 조용히 지내야 했다. 사문의 허락도 따로 받지 않고 제자를, 그것도 금녀를 선언한 소림사 승려의 신분을 갖고서 여아를 키웠으니."

"아!"

남소유의 눈가에 눈물이 살짝 맺혔다.

"그 후 우리는 사대 가문과 알력 다툼을 하느라 네 사부는 까맣게 잊고 있었다. 특히 당시에는 영호권가의 가주가 바뀌며 련내에 폭풍이 휘몰아 칠 때라 우리는 딴 곳에 시선을 돌릴 겨를이 없었지. 삼공자가 숭산에서 사고를 쳤다는 말을 들었지만, 신경 쓰지도 않았다. 그러다 나중에 가서야 네 일을 듣게 되었지."

남소유는 입술을 지그시 깨물었다.

"후에 네 사부의 무덤을 찾고 사죄했다. 신경 쓰지 못해 미안했노라고. 후인만이라도 찾아 돌봐 주려 백방으로 수소문을 해 봤지만 도무지 찾을 수가 없었지."

당시 소림사는 그녀를 숨기기 위해 전력을 다했다. 남소유 역시 사문에 대한 복수를 꿈꾸며 바깥세상과의 교류를 일체 차단했다.

고황의 시선이 남소유와 마주친다.

슬픔 가득한 눈길로, 천천히 고개를 숙였다.

"미안하구나. 정말로."

그것은 진심에서 우러러 나온 사과였다.

"용서해달라는 말은 하지 않으마. 하지만 이 말은 꼭 하고 싶었다."

남소유는 직감적으로 깨달았다.

고황과 사부님 사이에는 어떤 관계가 있었다.

"당신은, 누구죠?"

많은 의미가 함축된 물음.

고황은 씁쓸한 어조로 이렇게 답했다.

"내가 네겐 사숙이 된다."

고황은 본래 소림사의 속가 제자 출신이라고 했다.

사부님과는 같은 날에 입사(入寺)한 동기였기에 형제처럼 자랐단다.

그러다 고황은 가문의 대를 이어야 해서 속가로, 사부님은 자질을 인정받아 입적을 했다가 혈나한의 길을 걸은 것이라고 했다.

'사숙……이라.'

남소유는 품에 담은 책자를 하나 꺼냈다.

박응권요(剝鷹捲要).

소림사의 일노박룡수(一怒搏龍手)와 나한십팔장(羅漢十八掌)에서 파생되어 오늘날의 삭풍박응 고황을 탄생시킨 절기가 담긴 비급이다.

사죄가 이것으로 끝날 수는 없겠지만 자신의 마음이라며 챙겨 두라던 고황의 말이 떠올랐다.

　반검과 박응권요.

　이 두 가지는 사부님이 남긴 인연의 씨앗이다.

　그리고 그 인연은 이제 종지부에 다가간다.

　"그 검, 울고 있군요."

　그때 맞은편에 앉아 있던 무성이 불쑥 입을 열었다.

　남소유가 퍼뜩 정신을 차리고 고개를 들었다.

　징, 징!

　반검은 여전히 자신을 알아 달라며 떨고 있다.

　"무성은 이 아이가 하는 말이 들리는 건가요?"

　"예. 조금은."

　무성은 가만히 고개를 끄덕였다.

　울고 있다니.

　남소유는 여전히 듣고 싶어도 듣지 못하는 반검을 다시 꼭 끌어안았다.

　"미안해."

　그녀가 할 수 있는 말은 그것밖엔 없었다.

　그때 저 멀리 숭산이 보이기 시작했다.

＊　　　＊　　　＊

"이곳입니다."

마부의 안내에 따라 무성은 천천히 마차에서 내렸다.

높다랗게 선 산봉우리가 그를 맞이한다.

"이곳이 숭산."

오악 중 중악에 손꼽히는 이곳. 천 년 사찰의 전통을 간직한 곳답게 풍기는 기운은 근엄하고 고요하다.

"딱 보기에도 재미없을 것 같이 생겼는데?"

시야로 숭산을 한껏 담아 한참이나 구경하던 간독의 평가는 간단했다.

온갖 자극적이고 현란한 것들이 많은 흑도에서 평생을 몸담은 그가 보기에, 고요한 청정도량은 심심하기 짝이 없는 장소로만 보일 것이다.

한편, 남소유는 잔뜩 긴장한 기색이 역력했다.

"괜찮으세요, 남 소저?"

"예? 예! 전 괜찮아요."

남소유는 화들짝 놀라다가 다급히 고개를 끄덕였다.

하지만 품에 반검을 꼭 끌어안은 모습이 말과 속내가 전혀 다르다는 것을 말해 주었다.

본래 감정을 잘 내색하지 않는 편이지만, 유독 요 며칠은 더 심했다.

아마 목단영을 바래다주고 온 이후부터였을 것이다.

'대체 무슨 일이 있었기에?'

무성은 굳이 캐묻지 않았다.

이 일은 어디까지나 남소유의 개인사이기에.

오로지 그녀가 스스로 맞서서 깨야만 하는 일이었다.

"그럼 오르죠."

무성이 선두를 선다. 그 뒤를 간독이 가볍게 콧노래를 흥얼거리며 뒤를 잇고, 남소유는 두 사내의 등을 한참이나 바라보다 못내 이기지 못하고 따랐다.

*　　　*　　　*

"으아암!"

법요(法曜)는 늘어져라 쩍 하고 하품을 해 댔다.

사제 법우(法禑)가 아침에 먹은 시금치가 상한 것 같다며 측간으로 달려가 어쩔 수 없이 산문을 지키고 있는지도 벌써 한 시진째.

계속 아랫배를 부여잡으며 산문과 측간을 왔다 갔다 하는 꼴이 애처로워 맡아 주고는 있다지만, 깊게 따지고 보면 이제 중진이 된 법자배가 산문이나 지킬 이유가 없다.

"쩝. 어쩌겠냐. 어른들이 말씀하시면 따라야지."

뭐라던가? 곧 산문에 액(厄)이 다칠 운수가 있으니 각별히 주의를 기울여야 한다던가?

난데없는 팔대호원의 발표에 졸지에 새파랗게 어린 무(無)자배들을 두고도 서른 줄이 넘은 법자배가 산문 지키는 수문위 신세가 되고 말았다.

사실 산문을 지키는 것만큼이나 심심한 일도 없었다.

경내를 들락날락하는 이들은 대부분 부처님에게 절을 하러 온 순진한 시주들.

그들이 소란을 피울 일도 없을뿐더러, 간혹 사건 사고가 벌어진다고 해도 도처에서 무승들이 두 눈을 부리부리하게 뜨니 간 크게 날뛸 놈도 없었다.

아주 오래전, 무신련이 만들어지기 전에는 이따금 강호 출두를 한 지 얼마 되지 않은 초짜들이 나타나 실력을 증명해 보이겠다고 덤비는 멍청한 꼴을 보며 심심함을 달랬다는 말은 들었다.

물론 무신련의 그늘에 가려진 지금은 숭산을 오르는 무인을 찾기가 하늘의 별 따기보다도 어려웠다.

그래서 이따금 생각하기도 한다.

이 산문을 박차고 나가 십수 년간 경내에서 익힌 무술 실력을 맘껏 뽐낸다면 어떨까?

강호를 떠돌면서 위기에 빠진 불쌍한 시주들을 도와준

다. 악한들을 호쾌하게 무찌르고 그들의 면전에다가 호탕하게 잘잘못을 일갈한다.

아! 생각만 해도 짜릿하다.

욕심을 버리는 것이 수도승으로서의 당연한 자세라고는 하나, 이제 겨우 서른 줄에 들어선 법요는 이성보다 감정이 앞섰다.

'에휴! 내가 지금 무슨 생각을 하는 거냐. 택도 없는 소리지. 대사형도 함부로 못 움직이는 판국에.'

문득 법자배의 맏이, 법승(法承)이 떠올랐다.

'그나저나 참 신기하단 말이지. 대사형의 성격으로 봐서는 여태 참는 게 용한데 말이야. 날뛰기를 좋아하던 그 양반이 그렇게 다소곳하게 있으니 원. 언제 터져도 크게 터질 텐데.'

어린 시절 같이 방을 썼던 사이기에 잘 안다.

사실 승려답지 않게 마음속에 거친 불길을 품고 사는 대사형의 성격을.

'아서라. 때가 되면 알아서 풀리겠지.'

법요는 손목에 건 염주를 굴렸다.

"아미타불. 아미타불."

"독경 시간에는 자기 바쁘더니 갑자기 무슨 바람이 분 게냐?"

"헉! 대사형!"

갑자기 뒤에서 들리는 목소리에 법요가 허리를 쭈뼛 세웠다.

고개를 돌려보니 거한이 서 있었다. 법요 자신도 키가 작은 편이 아닌데 머리 하나는 더 컸다. 덩치도 보통 장정의 두 배. 팔뚝도 엄청나게 굵었다. 법승이었다.

법요는 계면쩍은 표정을 지으며 검지로 볼을 긁적였다.

'속으로 대사형이 언제 산문을 확 뒤집어 버릴까, 생각하고 있었습니다!' 라는 말을 내뱉을 수 없기에 적당히 둘러댔다.

"그냥 갑자기 불호를 외워지고 싶어서 말입니다."

"갑자기? 네가?"

법승이 눈을 가느다랗게 뜬다.

그 역시 법요를 잘 아니 쉽게 믿을 리 만무하다.

"하하하! 부처님이 잠시 제 몸이 다녀가신 것 같다고 해야 할까요? 갑자기 경내에 흐르는 경건함이 이 몸에 깃든 것 같더니 가벼운 현기증이 느껴졌습니다. 그랬더니 뭔가 떠오르는 것이 있어서…… 아! 저도 모르게 그만! 감탄을 터뜨리느라!"

물론 법요 자신도 스스로가 뭐라 지껄여 대는지 전혀 몰랐다. 그냥 입이 놀리는 대로 따라갈 뿐이었다.

"부처님이 다녀가셔?"

"예? 예! 하하하…… 기분이 그렇다는 거죠. 기분이."

"흠! 아니다. 그냥 쉽게 넘어가서는 안 될 일이지. 아무래도 사제가 겪은 일은 대오(大悟)가 아닌가 싶구나."

"대, 대오요?"

대오는 크게 깨닫는다는 뜻. 선종의 요결이기도 하다.

왜 갑자기 여기서 그 말이 나오는 거지?

법승은 정말 진지하게 말했다.

"본디 깨달음이란 측간에서도 잠결에서도 문득 들 수 있는 것. 어서 사부님께로 가자. 사제가 잡은 실마리를 놓쳐서는 안 되니. 자, 어서!"

"대, 대사형, 그, 그것이……!"

법요의 표정이 핼쑥해졌다.

법승의 사부, 홍학 대사는 일선에서 물러나도 사사건건 제자들의 행사에 잔소리를 해 대기로 유명하다. 얼마나 깐깐한지 그의 밑에서 제정신을 유지한 사람은 같은 독종인 법승밖에 없다는 말이 있을 정도였다.

"뭐하나? 어서 가지 않고!"

법승이 아예 우악스럽게 손목을 붙잡는다. 힘이 얼마나 대단한지 손목에 피가 안 통할 정도였다. 이대로 끌려가면 바람에 흔들리는 연 꼴이 될 것이다.

법요가 울상이 되었다.

"대사형……!"

"푸하하! 하여간 사제는 정말 나이를 먹고도 여전해!"

법승이 난데없이 웃어댄다.

법요는 그제야 대사형이 장난을 쳤다는 것을 깨달았다.

아니, 사실 처음부터 알고 있었지만, 정말 이쪽에서도 장난으로라도 '그래요? 그럼 가죠!' 라고 말하면 홍학 대사에게 끌고 갈 사람이기에 적당히 무릎을 꿇어야 했다.

법승은 눈가에 그렁그렁 맺힌 눈물을 검지로 훔치며 씩 웃었다. 그러고는 법요의 어깨를 툭, 툭, 하고 두들겼다. 물론 법요는 아팠다. 그것도 엄청 많이.

"그러니까 항상 주변을 살피라고. 따분한 마음은 잘 알겠지만, 내가 아니라 사부님이나 다른 어른들께 들켰으면 어쩌려고 그래?"

"예. 명심하겠습니다."

사문의 상황이 어려워진 마당이라, 어른들의 깐깐함은 더욱 깊어졌다.

특히 소림의 얼굴이라 할 수 있는 산문에서의 이 작은 소동을 알게 된다면, 그냥 작은 일이 아니라 큰 사건으로 터질 수도 있었다.

"한데, 대사형은 이 시각에 방장실에 계셔야 하는 것 아닙니까? 왜 이곳에?"

법승은 매일 같은 시각에 방장실을 들른다.

방장과 사대금강이 던지는 화두를 궁구하며 깨달음을 찾아가는 가르침을 받기 때문이었다. 소림의 무학은 때론 불경의 이해도도 함께 수반되었다.

"손님이 오셨더구나."

"손님이요?"

법요는 고개를 갸웃거렸다.

오늘 아침부터 하루 내내 산문을 지켰다. 그런데 방장을 찾아온 사람이 있었던가, 기억이 나지 않았다.

"혹 그분들이······?"

"액이 아니냐고?"

법요는 조용히 고개를 끄덕였다.

"그들의 행색이 하도 기이하여 사실 나도 그런 생각을 안 해 본 것은 아니다만, 어른들께서 너무 진중하게 말씀하시니 섣불리 말을 꺼낼 수가 없겠더구나."

법승이 쓴웃음을 지었다.

"거기에 대해서 사제가 자세히 알 필요가 없겠다. 한데, 우는 어디로 간 게냐? 분명 지금 산문을 지키고 있어야 할 사람은 우였지 않았나?"

우. 설사 때문에 측간으로 도피한 법우를 말함이다.

"아침에 먹었던 나물 있지 않습니까? 그게 아무래도 상했던 모양입니다."

"조금 시들시들 했다고는 하지만, 난 괜찮던데?"

"저도 그렇긴 한데…… 워낙 힘들어 보여서요."

"혹시 또 시주들에게 먹을 걸 받아서 꿍쳐 뒀었나?"

"그럴지도 모르죠."

법우는 식탐이 강하다. 몸매는 호리호리한 것이 먹성은 왜 그리도 좋은지. 한 번은 나물 반찬이 지겹다며 몰래 사냥을 하려다가 호법원에 들켜 치도곤을 당한 적도 있었다.

"마침 저기 오는군요."

때마침 법우가 쪼르르 이쪽으로 달려왔다.

얼굴이 누렇게 뜨고 양손으로 배를 부여잡은 것이 여전히 속이 안 좋은 모양이었다.

"또 실패한 게냐?"

"아우, 말 시키지 마십시오. 정말 죽겠습니다. 어? 대사형도 와 계시는군요."

아파도 까불거리는 성격은 여전한 모양이다. 넉살 좋게 말을 붙이는 솜씨는 정말 수도만 닦는 승려가 맞나 싶었다. 듣기로 장사꾼 집안 출신이라 했다.

법승이 법우에게 말했다.

"약사전에 일러 약이라도 좀 지어 달라고 할까?"

"아, 아닙니다. 이제 괜찮습니다. 걱정하지 않으셔도 됩니다. 하하하!"

법요는 대놓고 혀를 '쯧!' 하고 찼다.

법우가 저렇게 웃어 댈 때의 이유는 딱 한 가지다.

찔리는 구석이 있을 때.

약사전에 가면 증상과 함께 근 사흘 동안에 했던 일들을 모두 토설해야 하니 입을 닫으려는 속셈이다. 결국 식중독의 이유는 시금치가 아닌 딴 것인 셈이다.

법승도 대충 눈치를 챘는지 짓궂은 미소를 지으며 법우를 빤히 쳐다본다.

법우는 방금 전에 법요가 그랬던 것처럼 식은땀을 뻘뻘 흘리며 변명을 둘러대려다, 때마침 무언가를 발견하고 화색을 폈다.

"아, 저, 저기 시주님들이 오시는군요! 제가 안내해드리고 오겠습니다!"

법우는 먼지가 나도록 후다닥 산문으로 달려갔다.

법요가 쓰게 웃었다.

"하여간 저 방정맞은 성격 하고는."

"뭐, 어떤가? 그래서 더 귀엽지 않나."

"대사형은 너무 성격이 좋아 탈이십니다."

법요가 법승과 이런저런 대화를 나눌 무렵, 법우는 계단을 올라온 시주들을 맞이하고 있었다.

이남일녀로 구성된 무리다.

이남(二男)은 특징이 서로 달랐다.

어린 청년은 정갈한 자세를 갖춰 은연중에 기품이 흘러나왔다. 어디 대갓집이나 명문가의 자제로 보였다.

반대로 나이를 제법 먹은 중년인은 사특했다. 입을 꾹 다물고 조용히 있으려고 하나, 경내를 둘러보는 눈길이나 무의식중에 벌이는 동작들이 사파의 분위기를 냈다.

하지만 공통점도 있었으니.

'무인이다. 그것도 고수. 상당할 것 같은.'

소림사에 무인이 찾은 것은 정말 간만의 일이다.

도무지 용무를 알 수 없기에 조용해진다.

법요는 이남에서 시선을 떼고 여인 쪽을 보았다. 단순히 유람이나 시주를 하러 온 것이 아니라면 여자 쪽에서 무언가를 준비하고 있을 테니.

여인은 아름다웠다.

아니, 단순히 아름다운 정도가 아니었다.

소림사가 금녀의 구역이라고는 하나, 그것은 제자들을 들일 때만 그럴 뿐. 시주를 하러 온 향화객들까지 막을 수는 없는 노릇이다. 그래서 법요는 많은 여인들을 응대했다. 개중에는 참한 명문가의 영애들도 많았다.

하지만 그들도 저 여인을 이겨 내지 못하리라.

분명 미모는 그녀보다 뛰어난 여인도 많았다. 하지만 풍기는 분위기가 달랐다. 마력이라 해도 좋았다.

깊은 눈매. 거기서 풍기는 은은한 분위기.

여태 누구도 흔들지 못했던 법요의 평정심마저 흔들릴 정도로 강한 염기가 풍겼다.

"우물(尤物)이로다. 아미타불."

법승도 마찬가지였는지 눈을 감으며 작게 읊조렸다.

하지만 정작 법요를 흔들게 만든 것은 여인의 외양이나 기품 따위가 아니었다.

"대사형."

"사제도 흔들린 겐가? 아무래도 우리 둘 다 참회동에 들어가 마음을 다잡아야 할 것 같구만. 오늘 승려 여럿이 코피를 흘리겠어."

"모르시겠습니까?"

"음? 무엇이 말이냐?"

"저 여인……!"

법요가 여인을 향해 손으로 가리킨다.

무례하다면 무례할 수도 있는 행동이다. 법요가 딴생각은 많이 해도 이런 행동을 한 적이 없기에 법승이 크게 놀란다.

그때 여인이 이쪽을 보았다.

무심한 눈길이 법요와 법승을 한 차례 훑는다. 순간, 법요의 몸이 뻣뻣하게 굳었다.

"사형! 대사형! 큰일입니다!"

시주들과 이야기를 나누던 법우가 사색이 되더니 부랴부랴 이쪽으로 달려왔다.

"대체 왜 그러나, 사제?"

법승도 두 사제의 심상치 않은 기색을 읽고 진지하게 물었다.

법우가 소리쳤다.

"저들, 아니, 시주들께서 논화(論禍)를 청하셨습니다!"

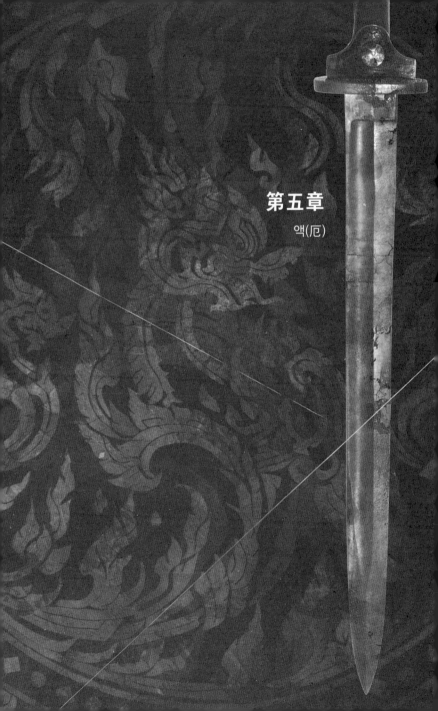

第五章

액(厄)

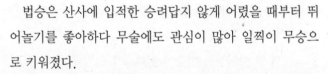

　법승은 산사에 입적한 승려답지 않게 어렸을 때부터 뛰어놀기를 좋아하다 무술에도 관심이 많아 일찍이 무승으로 키워졌다.

　다행히 무술에 대한 재능도 뛰어나 방장(方丈)과 함께 소림사를 대표한다는 사대금강(四大金剛) 중 한 명, 광목금강(廣目金剛) 홍학(洪壑)을 사사했다.

　이후, 그의 인생은 탄탄대로였다.

　소림이 자랑하는 칠십이절예 중 천근갑(千斤閘)과 철사장(鐵砂掌)을 연마한 그는 오랜 시험대인 삼십육방마저 단숨에 주파하는 기염을 토하면서 사문의 기대와 관심을 한 몸에 반았다.

달리 철나한(鐵羅漢)이란 칭호를 받으며 명실상부한 소림제일인이 되었다.

혹자는 다른 십팔나한(十八羅漢)은 물론, 호법을 담당한다는 십계십승(十戒十僧)마저 발 아래로 두는 것이 아니냐는 평가까지 있을 정도였다.

"너는 본사의 미래를 이끌 구세주니라."

"달마께서, 혜능 선사께서 보내신 홍복이라. 묻힌 천 년의 빛을 세상에 드러낼 아이다."

희대의 무인, 무신 백율이 나타난 이후로 소림사는 옛 영광을 잃어야만 했다.

특히 이 년 전에 준극봉에서 있었던 소란은 마지막 남은 자존심마저 무너뜨렸다.

그래서 많은 이들이 법승에게 기대를 걸었다.

"너라면!"

"소림의 절예를 모두 이어 받은 너라면!"

"우리마저 능가한 너라면 머지않아 능히 무신을 꺾어 소림에 영광을 가져다줄 수 있으리라!"

법승은 자신의 어깨에 걸린 무게를 실감했다.

그렇기에 자신이 하는 모든 행동에 각별한 주의를 기울였다. 자신이 하는 행동 하나하나가 어른들의 얼굴에 먹칠을 할 수 있어 조심해야 했다.

태생적으로 자유분방함을 꿈꾸며 얽매이는 것을 싫어하는 그였지만, 오로지 무공 단련을 재미로만 여겼던 그였지만, 이제는 그 모든 것들이 그를 속박하는 사슬이 되고 말았다.

그래서 그에게 이따금 사슬에서 벗어나 자유를 만끽하는 것은 딱 하나밖에 없었다.

땀을 흘리며 익힌 무공 실력을 맘껏 펼칠 때.

바로 대련을 할 때였다.

"논화를?"

법승이 놀란 표정으로 반문한다.

논화, 재앙을 논한다.

소림사가 무림 문파이기는 하나, 어디까지나 겉으로는 사찰의 형태를 띠기 때문에 함부로 무력을 쓸 수 없다.

무력이란 곧 재앙.

그래서 논화란 속세에서 말하는 비무를 가리켰다.

법요도 크게 놀랐다.

비무라니!

물러난 홍자배 어른들을 대신해 그들이 일선을 담당한 이후로 비무를 신청하기 위해 숭산을 오르는 사람은 단 한 명도 찾아볼 수 없었다.

응당 현재 소림의 상태로 보면 거절을 해야 옳다.

곧 산문에 액이 닥칠 거라던 운수가 있지 않았던가.

'설마?'

문득 그런 생각이 들었다.

액과 화는 같은 뜻.

특히나 저 여인의 정체를 생각해 본다면 틀릴 것도 아니었다.

법요가 안 된다며 말하려 했지만,

"재미있군."

법승은 이미 짓궂은 미소를 짓고 있었다.

대사형직을 맡고 난 후로 여태 감추고 있었던 재미, 기대, 흥분 따위의 감정이 엉켰다.

"대사형! 안 됩니다!"

법요가 크게 놀라 법승을 뜯어 말렸다.

"어른들께 들키는 것은 걱정 말게. 때마침 백의전(白衣殿) 뒤편이 비었어. 그 정도 마당이라면 어른들께 들키지 않고 조용히 끝낼 수 있지 않겠나?"

"제, 제가 드리고 싶은 말씀은 그게 아니라……!"

"걱정 마시게. 설마하니 내가 지겠나?"

"그것이……!"

법승은 법요의 한쪽 어깨를 두들겨 주며 산문 쪽으로 다가갔다.

발걸음이 가볍다.

어린 시절에 독경 시간에 어른들 몰래 빠져나와 뒷산의 복숭아를 따러 갔을 때와 똑같은 모습이었다.

"아!"

법요는 발을 동동 굴렀다.

자신이 대사형을 뜯어말리려는 이유는 그런 것이 아닌데! 정말 논화를 해서는 안 되는 이유가 있는데!

"말려야 한다."

"사형? 왜 그러십니까? 대사형이십니다. 얼마 전에 십계십승 어르신들의 연합진도 격파하지 않으셨습니까? 그리 걱정을 하지 않으셔도……."

"이 멍청한 것이! 종일 내내 똥만 찍찍 싸느라 머릿속도 홀라당 날아가 버린 것이냐? 네가 가장 가까이 봤으면서 아직도 모르겠어?"

"예?"

법요는 여인을 손가락질했다. 법우의 얼굴도 다시 돌아간다.

"혈나한! 혈나한이지 않으냐!"

"……!"

그제야 법우의 안색이 창백해졌다.

                    *   *   *

무성은 새로 온 승려를 보고 크게 놀랐다.

'크다.'

컸다. 그것도 정말로 무지막지하게.

무성도 탈각을 이루면서 보통 장정만큼 키가 컸다. 하지만 그런 자신도 고개를 높이 들어야 했다.

흔히 불경에서 나오는 화엄신장이 실제로 있었다면 이랬을지도 모르겠다.

"아미타불. 소승, 법승이라 합니다."

나지막한 목소리가 무겁게 깔린다. 그 속에는 짙은 현기와 함께 다른 감정이 섞여 있었다.

호승심.

'이자, 무인이야. 그것도 상당한.'

무성은 손가락이 간지러워지는 것을 꾹 참으며 법승의 인사에 맞춰 반장을 했다.

"논화를 원하신다고요?"

"그렇소."

"본사가 강호에서 손을 뗀 지 오래라는 걸 아시는지."

"하지만 천 년의 전통을 자랑하는 도량이 나 같은 낭인의 작은 소원 하나 들어주시지 않으시겠소? 부처님의 도량이 그리 좁지 않다고 믿소만."

무성답지 않게 상대의 자존심을 건드리는 말투다.

사실 무성은 이곳을 비무행의 장소로 잡긴 했지만, 가장 큰 목적은 남소유의 은원을 해결하는 것이었다. 그러니 적게나마 감정이 섞일 수밖에 없었다.

확실히 법승도 자극을 받았는지 평온한 표정이 살짝 꿈틀거렸다.

"그리고 그 후에 방장 대사님을 뵈었으면 하오만."

"방장님을요? 따로 약조가 있으신지요?"

"없소. 하지만……."

무성은 슬쩍 남소유를 보았다. 남소유는 여전히 행동이 딱딱했다.

"방장께서도 절대 거절을 하지 않으시리라 생각하오."

"음! 시주께서 무엇을 생각하시는지는 소승이 모르겠지만, 방장님께 일단 기별은 넣어드리겠습니다. 다만, 논화는 어려울 듯합니다. 본사는 현재 사정상 논화를 받지 않고 있습니다. 죄송합니다, 아미타불."

무성이 뭐라고 말하려는 때였다.

"하지만 먼 길을 돌아 산을 오르신 시주를 그냥 보내드

리는 것도 예는 아닌 듯하니, 소승이 비공식적으로나마 손
발을 맞춰 드릴 수도 있습니다만."

무성은 잠시 생각에 잠겼다.

'비공식?'

지금 무성에게 필요한 것은 실력 확인이 아니다. 무명이
다. 비공식적으로 다퉈서 이겨봤자 별 도움도 안 된다.

더군다나 숭산을 오른 가장 큰 이유는 소림으로부터 사
과를 받는 것.

때에 따라서는 귀병가의 이름으로 소림과 칼부림을 할
각오까지 하고 있었다.

그러니 소림의 다른 승려들이 주관하지 않는 논화 따윈
별 필요가 없다. 많은 자들 앞에서 힘으로 강하게 찍어 눌
러야 했다.

하지만,

'어울려보는 것도 괜찮겠지.'

무성은 눈을 가느다랗게 좁히며 법승을 보았다.

덩치와 다르게 포근한 미소를 짓는 자.

하지만 그 속에는 만 근과도 같은 중압이 숨어 있다.

흔히 소림은 정(靜)적이라고 한다. 그런 무거움을 고스
란히 담고 있어 단단한 무언가를 연상케 한다.

영호휘도 이처럼 묵직한 것이 있었지만 그는 패도적이

었다. 압도적인 힘으로 상대를 찍어 누르는 위압감이었다. 반대로 법승은 고요함이었다. 조용하게 상대를 껴안다가 천천히 누르는 평온함이 있다.

당장 속세로 나가도 너끈히 신주삼십육성의 한 자리를 꿰찰 수 있을 고수다.

한 번 겨뤄 보고 싶다.

'필시 소림 내에서의 위치도 클 테니 꺾고 난다면 아무리 엉덩이가 무거워도 움직일 수밖에 없겠지.'

무성은 생각을 정리하며 입을 열었다.

"좋소. 소림의 무학을 견식하고 싶었는데 좋은 상대를 만난 것 같아 기쁘구려."

일순, 법승의 눈에 기광이 맺혔다 사라졌다.

"하면 따라오시지요."

법승은 일행을 뒤쪽으로 안내했다.

남소유는 저만치 앞서 걷는 무성과 법승의 뒤를 묵묵히 따랐다.

눈빛은 깊게 가라앉아 있었다.

'법승.'

사부님이 돌아가신 후, 남소유는 짧게나마 산문에서 지내야만 했다. 겉으로 드러나지 않기 위해 조용히 지내야 했지만, 그래도 그녀를 잘 챙겨 준 이가 법승이었다.

하지만 법승은 자신을 못 알아본 것 같았다.

'반대로 저쪽은······.'

법요가 또 저만치 뒤에서 조용히 따른다.

그는 내내 이쪽을 바라보고 있었다.

방금 전까지만 해도 사제인 법우와 같이 있었는데 지금은 보이지 않는다.

자신을 알아본 것 같으니 급히 어른들을 호출하러 간 모양이다.

이제 곧 산문 전체가 자신의 등장에 대해 알 거란 사실에 마음이 무거워졌다. 덩달아 산문 내를 걷는 발걸음도 무거웠다.

아주 익숙한 향이 코끝을 찌른다.

향이 타는 냄새. 가사 냄새. 풀 냄새. 사찰 냄새.

한때는 간절히 바랐고 향긋하던 냄새들.

하지만 지금은 헛구역질이 절로 난다. 냄새가 진해지면 진해질수록 얼굴도 점차 굳어진다.

'성, 부탁해요.'

본래 이 일은 그녀가 나서야한다. 하지만 무성은 자신이 대신 길을 뚫어 주겠다고 했다. 그리고 그녀에게로 쏟아질 우박을 대신 맞아 주겠다고 말했다.

그것이 가주로서 당연한 도리라며.

그래서 따로 법승의 위험에 대해서는 알리지 않았다.

어차피 감각이 예민한 무성이라면 알아차렸을 테니.

지금 그녀가 할 수 있는 일은 단 하나.

무성을 믿는 것뿐이었다.

"이곳입니다. 아미타불."

법승이 도착한 곳은 백의전 뒤편에 마련된 작은 공터였다.

아무도 보이지 않는 조용한 공간.

"만약 좁게 느껴지신다면 딴 곳을 안내해 드리겠습니다."

"아니오. 이 정도면 괜찮소."

무성은 손사래를 치고는 가볍게 심호흡을 했다.

공력이 서서히 일어나면서 사지백해로 뻗었다. 마치 뿌리를 통해 빨아들인 영양분이 줄기를 따라 곳곳으로 퍼지는 기분이었다.

그동안 영목은 계속 발달을 거듭해 드디어 하단전에 뿌리를 내리는 데 성공했다.

하단전은 토양과 같다.

거기서 금구환의 신기라는 영양분을 빨아들여 몸 전체

로 고루 뿌리는 역할이 바로 영목의 몫이었다. 덕분에 제 멋대로이던 공력의 제어가 한결 손쉬워졌다.

타인에게 보이지 않는 영주를 뽑아 손에 두른다.

이제 앞으로 나서기만 하면 되는 찰나, 남소유가 다가와 반검을 내밀었다.

"이걸 쓰세요."

무성은 반검에 얽힌 사연을 잘 안다.

"이 아이는 무성을 잘 따르는 것 같아요. 꼭 이겨 주세요."

"예. 알겠습니다."

무성은 반검을 받았다.

징, 징, 징!

반검이 길게 몸을 떨어 댄다.

"뭐라고 하나요, 이 아이?"

"반갑다는군요."

지—잉!

"그리고요?"

"꼭 이겨 달라고 하네요. 주인이 웃는 걸 보고 싶다고."

남소유의 눈이 살짝 크게 떠졌다가 이내 호선을 그렸다. 그녀는 입술을 삐죽 내밀며 가볍게 투덜거렸다.

"무성이 제게 하는 말이 아니고요?"

"이런. 들켰네요."

무성은 손바닥으로 뒤통수를 긁적였다.

남소유가 이내 씁쓸하게 웃었다.

"역시…… 들려주지 못하시나요?"

"예. 나중에. 그때 직접 들으십시오. 제가 전달해 드리는 것보다 그것도 이 아이가 더 바랄 겁니다."

"알겠어요."

남소유는 한 걸음 뒤로 물러섰다. 하지만 두 눈은 여전히 무성의 손과 반검에 꽂혀 있었다. 슬픔과 안도가 뒤섞인다.

무성은 법승 앞에 섰다.

법승도 묘한 눈빛으로 반검을 보고 있었다.

"시주, 결례가 되지 않는다면 그 검……."

"맞소. 소림에서 나온 것이오."

"음! 역시나. 확실히 풍기는 현기가 본사와 많이 닮았더라니. 하지만 그만한 내력을 지닌 것이라면 본사에서도 귀하게 다루던 것일 텐데, 어찌……."

법승은 말끝을 흐렸다.

하지만 그 말뜻을 못 알아챌 정도는 아니다.

훔친 것이 아니냐는 물음이다.

"아니오. 절대 훔친 것은."

무성은 고개를 가로 저으며 정자세를 갖췄다.

"다만, 이 검에도, 이 검의 소유주인 저분에게도 사연이 있다는 것을 알아주었으면 하오."

"자세한 건 추후에 여쭈면 되겠지요. 아미타불."

법승은 오른발을 앞으로 크게 내뻗었다. 왼발은 가볍게 구부려 체중을 뒤쪽에 많이 실었다. 양손은 주먹을 가볍게 말아 쥐었다.

"소승의 법명은 법승. 부족하나마 본사에서 철나한의 역을 맡고 있습니다. 광목금강이신 홍학 대사께 천근갑과 철사장을 사사하였습니다."

아주 오래전, 북련과 남맹이 득세하기 이전 시절에는 각 문파의 제자들끼리 명운을 걸고 비무를 치르는 경우가 많았다. 예와 의를 갖추는 것은 당연한 일이었다.

곧장 비무에 들어갈 줄 알았던 무성은 순간 당황했지만 내색하지 않고 경건한 자세로 답했다.

"본인의 이름은 진무성. 귀병가의 가주이며 강호 초출 이라 별호는 없소. 사사한 스승은 따로 없으며 익힌 무공 은 영운해법과 혼명이법이오."

이윽고 말이 끝나기 무섭게 두 사람 모두 상대를 향해 달려들었다.

쿵!

가장 먼저 움직인 것은 법승이다.

진각을 세게 짓밟는다.

땅이 요란하게 떨리며 흙먼지가 피어오르고 그 위를 강한 전사경이 폭풍처럼 휘몰아쳤다. 흙먼지가 소용돌이를 그리며 따라와 먼지구름을 생성했다.

천근갑!

몸을 천근처럼 무겁게 만들어 힘을 압축시켰다가 수문을 강제로 연 것처럼 힘을 폭발적으로 분출시킨다는 칠십이절예의 무학!

거력이 노도처럼 거세게 몰아친다.

무성은 피하지 않고 도리어 맞선다.

'아무리 강한 힘이라도 틈이 있기 마련이다.'

묵혈관법이 거력 사이로 흐르는 흐릿한 결을 찾았다.

'그걸 벤다!'

무성은 틈 사이로 반검을 재빠르게 밀어 넣었다.

번쩍! 하고 먼지구름 사이로 빛무리가 터졌다.

동시에,

콰—앙!

법승이 구겨진 종이처럼 너무나 허망하게 먼지구름 바깥으로 튕겨 나 백의전의 담장에 부딪히고 말았다.

무성은 잠시 멍한 표정으로 반검과 법승을 번갈아 보았

다.

'일검?'

제아무리 영목이 발달하면서 공력 수발이 자유로워졌다지만 이런 강렬한 힘이라니. 생각지도 못한 일이다.

특히 법승이 풍기던 기운을 생각한다면 더더욱.

'강해졌어! 이전보다 더!'

무성의 얼굴이 환희로 젖었다.

좌중은 충격에 젖었다.

철나한이 이토록 쉽게 나가떨어지다니!

특히 상황을 바로 옆에서 지켜보던 법요는 두 눈을 부릅뜨고서 아무 말도 하지 못했다.

사형, 법승 역시 어안이 벙벙한 눈치였다.

백의전 담장에 깊게 틀어박힌 상태로 나올 생각도 하지 않았다. 돌가루와 부서진 돌조각이 떨어져도 눈빛은 무성에게로 향해 있다.

법요는 다급히 남소유를 보았다.

그녀는 마치 이 상황을 당연하다는 듯이 가만히 지켜보고 있었다.

'대체……!'

하고 싶은 말은 많은데 아무 말도 안 나온다. 아니, 할 수가 없다.

그만큼 법승의 패배가 주는 충격이 너무 컸다.

"뭐야? 소림도 별것 없잖아?"

그때 누군가의 목소리가 유달리 귓가를 세게 때렸다.

법요는 인상을 찡그리며 함부로 지껄인 중년 사내를 노려보았다.

간독이 그의 눈길을 읽더니 이쪽을 보고 어깨를 으쓱거렸다. 입가엔 짙은 비웃음이 걸려 있었다.

"뭐? 내가 어디 틀린 말이라도 했나? 소림은 논화? 논회? 논화였나? 하여간 그런 거 안 한다며? 자신만만하게 외치더니 사실은 이런 꼴 당하기 싫어서 그런 거였나?"

으득!

법요는 이를 갈았다.

"본사에 대한 모욕은 참을 수 없소."

"없으면? 어쩔 건데?"

법요는 말없이 주먹을 들었다.

묵직한 기운이 사방으로 뻗쳐 나간다.

그가 익힌 무공은 동사장(銅砂掌)과 발산공(拔山功). 작은 체구에서 뿜어져 나오는 힘은 때때로 법승을 능가한다.

"왜? 주먹이라도 쓰려고? 불타의 가르침이 자비라더니 영 거짓말인 모양이군. 그렇게 나서면 저 애송이는 못 이

겨도 나는 이길 수 있을 것 같나?"

간독은 소매에서 비수를 하나 꺼내 역수로 쥐었다.

껄렁대는 자세지만, 예리함은 숨길 수 없다.

'강하다!'

법요는 바짝 긴장했다. 등 뒤로 식은땀이 맺혔다.

산문에서 봤던 것과 다르다. 상대는 절대 자신보다 하수가 아니었다.

그렇게 붙으려는 찰나,

"하지 마라, 사제."

"그만둬."

법승과 무성이 동시에 그들을 제지했다.

어느새 법승은 부스스한 몰골로 일어나 가사에 묻은 흙먼지를 털어 내고 있었다. 진중한 눈매는 그는 개입하지 말라고 소리 치고 있었다.

"쳇! 싱겁긴."

간독은 무성의 눈총을 이기지 못하고 투덜거리며 비수를 다시 소매 안쪽으로 거뒀다.

법승이 무성에게 포권을 취했다.

"시주께 못난 부탁입니다만, 재차 논화를 부탁드려도 되겠습니까?"

"얼마든지요."

법승은 깊게 숨을 고르더니 이내 힘을 실었다. 안광이 시푸른 빛을 토하며 앞으로 쏘아졌다. 법요는 대사형이 홍학 대사로부터 사사한 천근갑과 철사장을 극성으로 전개한다는 사실을 깨달았다.

쿠쿠쿠!

십계십승의 연합진마저 격파했던 힘!

과히 소림제일인다운 면모다.

무성이 몸을 좌측으로 크게 돌리며 반검을 수평으로 놓아 세게 그었다.

따당!

과연 금강불괴에 가까운 몸이다. 외공으로 유명한 소림의 제자답게 반검을 맞받아친 법승의 팔뚝에서는 마치 쇳덩이와 부딪친 것 같은 소리가 났다.

법승은 좌수로 반검을 옆으로 밀어내면서 깊숙하게 주먹을 찔러 넣었다.

경기공과 함께 먼지구름이 소용돌이를 그렸다.

움직일 때마다 세상이 떨리는 것 같다.

방금 전에 허망하게 당한 것이 거짓말이었던 것처럼 압도적인 힘이다!

'역시 대사형! 방금 전에는 방심하다 실수를 한 것이었어!'

법승이 회열에 가득 차 보라는 듯이 간독을 노려보았다. 하지만 간독은 표정을 굳히기는커녕 희희낙락하고 있었다.

'뭐지?'

불안감에 다시 대사형을 돌아보는 순간,

콰르릉!

반검이 안쪽으로 급격하게 방향을 튼다.

검신에서 일어난 돌개바람이 법승이 뿌리던 소용돌이를 반대 방향으로 꺾어 단숨에 소멸시켜 버렸다.

아주 잠깐 찾아온 적막.

반검은 그사이로 파고들어 복부에 작렬했다.

충격파는 단숨에 법승을 튕겨 버렸다.

콰콰콰…….

오 장이나 튕겨 나 바닥을 구르는 법승.

그가 구른 자리로 패인 고랑이 위로 먼지구름이 뿌옇게 올라왔다.

"……!"

법요는 입을 쩍 하니 벌린 채로 망부석처럼 굳어졌다.

"다시 부탁드리오!"

법승이 벌떡 자리에서 일어났다.

탁!

그는 입고 있던 옷이 잔뜩 찢어졌지만 아랑곳하지 않고 무성에게 재차 달려들었다.

그러나 결과는 똑같았다.

이번에는 위에서 아래로, 수직으로 반검이 떨어진다.

쾅!

법승은 마치 패대기 당한 개구리 꼴처럼 바닥에 널브러지고 말았다.

"다……시……!"

쾅!

"다시!"

콰쾅!

"다……시 부탁……!"

콰—앙!

법승은 몇 번이고 일어나 비무를 청했다.

마치 자신이 이토록 허무하게 당한 것이 이해가 되지 않는다는 표정으로.

주먹을 불끈 쥐며 이를 악문다. 후들거리는 두 다리로 겨우 일어난다. 다리에 힘이 없으면 억지로 손으로 땅을 짚는다.

하지만 결과는 일검에 의한 패배.

정갈한 품위를 유지하던 가사는 무참히 찢겨졌다. 사이사이로 비치는 생채기에서 피가 쏟아진다. 오른팔은 아예 부러졌는지 축 늘어졌다.

주변도 거의 초토화되다시피 했다.

백의전 담장은 이제 아래로 우르르 무너졌고, 공터는 법승이 찍은 진각으로 곳곳에 구덩이가 파였다.

이런 소란이 있고도 여태 사람들이 오지 않은 것이 신기할 지경이었다.

법승이 망가지면 망가질수록 법요의 가슴속에 있던 무언가도 같이 깨지고 있었다.

소림의 자부심.

천 년 고찰이라는 전통이 산산조각 나고 있었다!

대사형이라면 세상에 나갔을 때 무신 외에 어느 누구도 상대가 될 수 없을 거라 여겼건만!

'아아! 우리는 우물 안의 개구리였구나!'

경내에서 서로가 잘났니 대단하니 입을 모아 추앙을 해 봤자 결국 개구리들끼리 나눈 금칠에 불과했다.

실제로 우물 밖은 더욱 커지고 있었다.

보라.

자신보다도 한참이나 연배가 어린 청년에게조차 대사형이 무참히 박살 나지 않은가.

개구리들 중의 제일이었던 법승은 이런 꼴이 되었는데도 불구하고 아직 멀쩡한 왼손으로 다투고자 했다.

"대사형!"

법요가 안타까움에 차 그를 불렀다.

하지만 도무지 뜯어말릴 생각은 하지 못했다.

어린 시절부터 줄곧 보아왔기에 잘 안다.

대사형 법승이 얼마나 지독한 독종인지. 스스로가 용납하질 못하면 절대 끝을 보지 않는다.

"이만 하시지요."

결국 보다 못한 무성이 말렸다.

"한 번만 더……!"

"이제 더 이상 몸이 더 버티지 못할 거요."

"제발……!"

"하아! 어쩔 수 없군."

무성은 길게 한숨을 내쉬더니 왼손을 가볍게 뻗었다.

피피핑!

지풍이 날아들며 법승의 혈자리를 두들겼다. 법승이 힘을 잃은 채로 축 늘어졌다.

무성이 법승을 받아 법요에게 내밀었다.

"고맙……습니다."

법요는 법승을 부축하면서 고개를 숙였다.

부러진 검이라고는 하나, 엄연히 반검도 사람을 해할 수 있는 무기다.

그런데도 무성은 반검에서 파생한 검압만으로 법승을 제압했다. 크고 작은 생채기는 사실 깊지는 않았고, 그마저도 법승이 바닥을 구르면서 생긴 것들이었다.

"혹 다른 분들을 불러 주실 수 없겠소?"

무성이 공손히 부탁한다.

법승이 상대가 되지 않으니 제대로 된 상대를 붙여 달라는 의미였다.

법요는 가슴 한 편이 울컥거렸지만 이를 악물고 고개를 숙였다.

"시주께는 죄송한 일이나, 이만 논화를 그만두었으면 합니다. 사실 저희 대사형이야말로 현 본사 내 제일고수라 할 수 있는 바. 이미 각 암자로 은퇴하신 우(愚)자배 어르신들이나, 장로로 계시는 홍(洪)자배 어르신들이라면 모르겠으나, 그분들은 늘그막에 세상의 풍진에서 벗어나 조용히 적멸을 기다리시는 분들. 그분들까지 모실 수는 없습니다."

소림을 대표해서 패배를 시인하는 꼴이다.

만약 어른들이 알게 된다면 이게 무슨 꼴이냐며 크게 경을 칠 테지만, 법요는 이 믿기지 않는 지옥 같은 상황을 빨리 정리하고 싶었다.

하지만 법요는 모르고 있었다.

상대 역시 대사형과 마찬가지로 한번 점찍은 것은 어떻게든 해내고야 마는 독종이라는 사실을.

"하면 방장께 안내해 주시오."

법요는 고개를 가로저었다.

"죄송한 말씀이지만, 사전에 사백님과 연락이 안 된 분은 뵐 수가 없……."

"우리가 찾아온 이유를 모르지는 않으실 텐데?"

"……."

법요는 입을 꾹 다물었다.

무성의 뒤편에 있는 남소유. 그녀가 유독 눈에 밟힌다.

'법우! 이 녀석은 대체 뭘하고 있는 것이야!'

법요는 한시라도 빨리 이 자리를 피하고 싶었다.

있으면 있을수록 처지가 곤란해지는 자리. 남소유를 보면 볼수록 더욱 꺼려진다.

"아니 됩니다."

법요는 완강하게 버티기로 했다.

무성의 눈빛이 차갑게 가라앉았다.

"결국 이렇게 나오는군. 좋소. 어쩔 수 없지. 어차피 크게 기대도 안 했었소. 강제로라도 보러 갈 수밖에."

무성이 앞으로 나서려 하자 법요가 벌떡 일어섰다.

"대사형을 꺾었다고 해서 본사의 의기마저 꺾을 수 있을 거라 생각하나? 그토록 우리 소림사가 만만하게 보였던가! 오래도록 조용히 지내니 쉽게 여겨지던가!"

법요는 더 이상 상대에게 존대도 섞지 않았다.

감히 사문을 비하한 자를 존중하고 싶은 마음 따윈 추호도 없었다.

하지만,

"그리도 사문의 자존심이 중요하다면서 그대들은 어째서 이 년 전에 그 잘난 자존심을 땅바닥에 내팽개쳤었나?"

세상을 태울 겁화를 연상케 하는 귀화가 법요의 뇌리 속에 단단히 틀어박혔다.

"그래서 못난 목숨이라도 살아보고자 사문의 사람을 가차 없이 내버렸었나? 무공을 잃어 추위도 나무를 때워 겨우 버티던 노승과 열 살이 겨우 넘은 어린아이를 강제로 떼어 버렸던 것이냐?"

"……!"

"입이 있으면 어디 한번 말해 보라!"

우르르!

사자후가 울린다.

산천초목이 부르르 떨릴 정도다.

그나마 버티고 있던 담장이 완전히 우르르 무너져 내리고, 좌중을 휘감던 분위기는 오로지 무성의 기운으로 빼꼭하게 들어찼다.

폭풍처럼 휘몰아치는 기세가 얼마나 대단하던지 법요의 숨통이 턱 하고 막힐 정도였다. 부축한 법승의 안색도 창백해졌다.

하지만 법요의 말문을 막히게 한 말은 따로 있었다.

노승과 아이를 떨어뜨린 죄!

이 년 전의 일이 주마등처럼 스쳐 지나갔다.

"아아아!"

법요 역시 그 자리에 있었던 바.

비록 나이가 어려 어른들의 명령에 따라야만 했다지만, 그때의 죄책감까지 사라지는 것은 아니었다.

남소유를 보았다. 얼굴을 보이지 않으려 고개를 돌린 그녀의 어깨가 흔들리고 있었다.

"그런데도 그대들은 함부로 자존심을 운운할 셈인가?"

무성의 거친 일갈에 법요는 합죽이가 되고 말았다.

'액운이구나. 이들이 액운이었어.'

법요는 설마가 현실이 되자 눈앞이 캄캄해졌다.

무성은 속이 부글부글 끓었다.

'저들이 무엇이건데!'

애초 소림을 자극하기 위해 법승과의 논화를 했지만, 막상 이들의 오만함을 겪고 보니 화가 났다.

그동안 수없이 보아 왔다.

자신의 야망을 이루기 위해, 자존심을 지키기 위해, 안위를 위해 타인의 처지나 상황 따윈 신경 쓰지도 않고 제 잇속만 챙기던 자들을.

북궁민이 그랬다. 영호휘가 그랬다. 제갈문경 또한 그랬다.

소림사도 다르지 않았다.

사실, 법승과 논화를 하면서 아주 작게나마 그런 생각도 들었다.

어쩌면 쉽게 이야기가 풀릴지도 모르겠다는 생각.

법자배 대제자라는 법승은 탁 트인 사고를 지녔다. 오만함이 아니라 순수함으로 뭉쳐 있었다. 이런 사람이 있다면 충분히 대화로 악연을 정리할 수 있을지도 몰랐다.

하지만 그만의 착각이었다.

"차라리 잘 되었다. 그래도 여태 예를 생각하려 했으나, 도량의 그릇이 이따위밖에 안 된다면 나는 그대들의 자존심을 밑동부터 부술 것이다!"

사자가 노호를 터뜨리듯, 사자후가 커진다.

"귀병가의 가주로서 식솔의 일은 곧 나의 일이며, 식솔의 아픔은 곧 나의 아픔이다. 남 호법!"

"예! 가주!"

남소유가 이쪽으로 돌아보며 부복한다. 아리따운 그녀의 눈가에서 눈물이 흘러내리고 있었다.

"그대는 이들을 어찌했으면 좋겠나?"

"사부님의 한을 달래기를 바랍니다……!"

"좋다. 그대의 바람, 들어주마."

무성은 한 걸음을 성큼 내밀었다.

쿵!

마치 거인이 발자국을 내디딘 것처럼 경내 전체가 크게 요동쳤다.

무성은 법요를 응시했다.

"가서 전하라. 귀병가의 이름으로 그대들의 죄를 응징하겠노라고."

"……!"

홀로 소림사를 상대하겠다는 말에 법요는 달달 떨기만 할 뿐 아무런 말도 잇지 못했다.

"캬캬캬! 그래! 이 맛이거든! 천하의 소림사를 향해 이딴 미친 선전포고를 할 수 있는 건 역시 우리 가주밖엔 없지!"

간독이 간드러지게 웃는 그때였다.

"감히 누가 고요해야 할 본사의 경내에서 이토록 시끄럽게 떠들어 대는가!"

준엄한 외침과 함께 무언가가 불쑥 뛰어올라 백의전의 지붕 위에 선다.

그 숫자가 모두 여섯.

법승만큼은 아니더라도 하나같이 큰 덩치에 이마에는 계인을 박은 승려들이다. 탄탄한 주먹과 우람한 체구에서는 철근도 씹어 먹을 것 같은 기백이 느껴졌다.

그뿐만이 아니었다.

마치 공터를 둘러싸듯이 담장 옆으로 일련의 무리들이 나타났다.

각각 제미곤을 아래로 늘어뜨린 이들은 마치 자로 잰 듯이 딱딱 맞아떨어지는 자세를 갖췄다. 연수합격에 능한 자들이라는 뜻이었다.

그 숫자가 앞뒤로 각각 다섯씩. 모두 열 명.

도합 열여섯 명.

모두 소림사가 자랑한다는 나한(羅漢)들이었다.

"십팔나한이 한자리에 모인 셈인가?"

나한전의 열여덟 자리 중 한 자리는 오랫동안 공석이었다. 의발을 전수받은 남소유가 타인에게 달마삼검을 전수하기도 전에 도망친 까닭이었다.

"그 뒤는 다른 무승들이고?"

그 외에도 나한 뒤편으로 주변을 삥 에워싼 무리들이 있었다. 비록 실력이 부족해 나한전에는 들지 못했지만, 역시나 소림사가 애지중지하며 키운 법자배 무승들이다.

무성의 입꼬리가 진하게 말려 올라갔다.

"그쪽이 이들을 데려왔나?"

시선을 받은 법우가 작살이라도 얻어맞은 것처럼 경기를 일으켰다.

간독이 입을 열었다. 그는 뭐가 그리도 좋은지 싱글벙글 웃어 대며 방금 전에 거뒀던 비수를 다시 꺼내 검지와 중지 사이에 끼웠다.

"키키킥! 차라리 잘 되었잖아? 괜히 더 정신 사납게 굴 것도 없이 여기 있는 놈들만 다 두들겨 패도 될 것 같은데?"

"아니. 그 정도로는 부족해."

"그럼? 딴 놈도 필요하냐?"

"사대금강과 십계십승, 그리고 방장이 없잖아."

"그놈들이 있으면 뭐가 달라지나?"

"다르지."

"뭐가?"

"사과를 받아야 하잖아?"

간독이 눈을 살짝 뜨더니 고개를 끄덕였다.

"그래! 그걸 깜빡했구만! 하하하하!"

간독의 웃음소리가 쩌렁쩌렁하게 울려 퍼진다. 나한과 무승들의 얼굴이 단풍잎처럼 붉으락푸르락해졌다.

감히 자신들을 앞에 두고 마치 소림사가 자신들의 안마 당이라도 되는 것처럼 함부로 대하는 꼴에 분노를 참지 못 하는 것이리라.

하지만 그 역시 무성이 바라던 바였다.

"저들을 상대한다."

"좋아! 어디 한번 해 보자고! 다시 천옥원 때로 돌아가 는 거야!"

대화가 끝난 무성과 간독이 동시에 땅을 박찼다.

무성은 우측으로, 간독은 좌측으로.

서로 반대 방향이다.

팟! 팟!

검풍이 공간을 사선으로 쪼개고, 비수가 하늘을 가득 메 우며 떨어진다.

쿠쿠쿵!

피바람이 불었다.

第六章

혈나한(血羅漢)

'무성! 간독!'

남소유는 주먹을 꽉 쥐었다.

자신의 일이 아닌데도 두 사람은 마치 제 일인 것처럼 뛰어 준다. 목숨을 걸고서.

이게 집[家]이라는 것일까?

그들이 주는 따스함 덕분에 남소유는 과거가 주던 망령에서 벗어나 겨우 맞설 수 있었다.

'이 일은 내 일이야. 뒤로 빠져서는 안 돼.'

경내에 들어선 이후부터, 아니, 숭산행을 시작했을 때부터 시작되던 떨림이 그쳤다.

대신에 싸늘하게 식은 심장이 남았다.

바로 그때였다.

"남 소저!"

쉭!

우측으로 달려갔던 무성이 갑자기 이쪽으로 무언가를 던졌다.

얼떨결에 받고 보니 반검이었다.

"이제 들을 수 있을 거예요."

그 말만 내뱉고 무성은 다시 싸움에 임한다. 이미 그는 검이 있는 것과 없는 것의 차이가 없는 경지였다. 필요하다면 제미곤을 빼앗아 휘둘러도 충분했다.

징, 징, 징!

반검이 울어 댄다.

"그렇구나."

무성의 말대로 그녀는 드디어 반검이 하는 말을 알아들을 수 있었다.

울고 있다고 했던 무성의 말.

처음에는 반검이 억울해서 우는 것이라고 생각했다.

하지만 아니었다.

'나더러 슬퍼하지 말라고, 힘을 내라고 말했던 거였어. 날…… 걱정해 주었던 거구나.'

남소유는 검병을 꽉 쥐었다.

"이젠 널 실망시키지 않을게. 앞을 똑바로 보고 달릴 거야."

그녀의 시선은 무성의 등에 향해 있었다.

"무성처럼."

팟!

남소유가 땅을 박찼다.

그녀가 향한 곳은 백의전 지붕 위.

여섯 명의 나한, 즉, 사형제들이 있는 곳이었다.

"가증스러운 것!"

"감히 사문의 은덕을 입고도 이런 패륜을 저지르다니! 같은 나한으로서 부끄럽지도 않으냐!"

"아뇨. 부끄럽지 않아요. 저는 언제나 떳떳하니까."

척!

남소유는 그들을 향해 반검을 겨누었다.

"그러니 보여드리겠어요. 혈나한이 왜 십팔나한 중에서 최고라 불리는지를."

바로 그 순간이었다.

남소유의 심장 한편에서 무언가가 부서지는 느낌이 들었다.

딸칵!

꽉 막혔던 것이 뻥 뚫리는 기분.

동시에 단전에서 서로 다른 이질적인 세 가지 기운이 솟구쳤다.

화아악!

근골을 바로잡는다는 무상대능력과 혜지를 밝힌다는 대승범천경이 하나로 뒤섞인다. 공력의 주변을 돌던 곤호진기가 사르르 녹아들었다.

그동안 남소유는 혈나한의 적전제자로서 수많은 무공을 한 몸에 담고 있었으나, 이렇다 할 깨달음이 없어 서로 분리가 되어 있었다.

하지만 검의(劍意)를 깨닫는 순간, 한 발자국을 내딛게 되었다.

그녀는 이 현상이 탈각이라는 사실을 깨달았다.

비록 무성처럼 환골탈태를 이룬 것은 아니지만, 분리되어 있던 무공 체계가 하나로 통합된 것만 해도 아주 큰 발전이었다.

"막아라!"

남소유의 상태가 심상치 않다는 것을 눈치챘는지 여섯 나한 중 가장 눈치가 빠른 궁나한(窮羅漢) 법고(法考)가 다급하게 소리쳤다.

팟! 파밧!

좌측과 우측에서 진각을 세게 밟으며 달려든다.

그들의 정체를 눈치챈 남소유의 눈빛이 불을 뿜었다.

항나한(降羅漢) 법계(法系)와 엄나한(嚴羅漢) 법륭(法隆).

십팔나한 중에서도 가장 극단적인 성미를 자랑하는 자들. 호법원에 소속되어 승려들의 규율을 담당하기도 한다. 편히 지내고 있던 남소유를 강제로 사부님과 떨어뜨리게 만든 작자들이기도 했다.

남소유는 물러서지 않고 부딪쳤다.

탈각을 이뤘으니 자신을 믿어 볼 심산이었다.

쐐애액!

반검이 사선으로 그어진다.

붉은 빛무리가 검신을 가득 물들였다가 마치 폭발하듯이 사방으로 퍼져 나갔다. 그 모습이 물고기를 잡기 위해 그물을 던진 것처럼 보였다.

천라검법의 발현이다.

하지만 그물망을 덮치듯이 달려오는 검술은 전혀 다른 것이었으니,

"다, 달마삼검!"

칠십이절예와 함께 오로지 혈나한에게만 전수된다는 소림사 유일의 검법이다.

갑자기 그물망이 하나로 합쳐지는가 싶더니 붉은색으로

반짝이는 폭풍우가 되었다.

보리정각(菩提正覺)!

달마 대사가 보리수나무 아래에서 깨달음을 얻은 부처의 선례를 듣고, 그때 느낀 감흥으로 깨달았다는 초식이다.

세상을 집어삼킬 것처럼 흉흉한 기세를 드러내던 그물망은 어디서부턴가 피어난 상서롭기 만한 푸른빛으로 변하더니 그대로 법계와 법륭을 후려쳤다.

콰콰콰!

법계와 법륭의 주먹은 남소유에게 부딪치기도 전에 뒤로 크게 튕겨 났다.

"컥!"

"크윽!"

법계와 법륭은 침음성을 흘렸다.

반검을 상대했는데도 불구하고 신기하게도 겉으로 보기엔 전혀 생채기가 없었다.

하지만 그들은 마치 벼락이라도 맞은 것처럼 몸을 부르르 떨더니 제자리에 못 박혔다.

타닥!

남소유는 법계와 법륭 사이로 미끄러지듯이 빠져나갔다. 두 나한은 그때까지도 체내에 침투한 이질적인 기운을 어쩌지 못하고 멀거니 지켜볼 수밖에 없었다.

두 사형제의 상태가 심상치 않다는 것을 깨달은 유나한 (流羅漢) 법각(法各)과 중나한(仲羅漢) 법검(法儉)은 되도록 남소유와 직접 부딪치지 않으려 했다.

쿵! 쿵!

간격을 최대한 벌린 채로 동시에 허공을 격타한다.

나한십팔수(羅漢十八手)!

법각의 헌원과호(軒轅跨虎)에서 매서운 탄기(彈氣)가 쏘아진다. 반대로 법검의 매록헌화(梅鹿獻花)에서는 빠른 진공파가 전해졌다.

탕! 탕!

남소유는 달리는 자세 그대로 반검을 연타로 날렸다.

반검이 그어질 때마다 탄기와 진공파는 별다른 소용도 없이 비스듬하게 잘려 나갔다.

"어, 어떻게 이런 일이!"

법각과 법검이 소스라치게 놀란다. 전력을 다해 날린 일격이 허망하게 스러졌으니 경악할 수밖에.

남소유는 어느덧 두 승려 앞에 당도했다.

당황한 나머지 뻣뻣하게 굳어버렸다.

"너무 안일하군요."

남소유는 벼락 같이 반검을 찔러 넣었다.

혜능설표(慧能雪彪)!

달마에게 깨달음을 구하기 위해 오른손을 잘랐다던 혜능 선사의 일. 거기서 달마가 받은 감흥과 찬탄이 얼마나 깊었을까.

화아아!

갑자기 어디선가 눈보라가 불어닥쳤다.

분명 아직 날씨가 쨍쨍한 여름 한철이건만. 눈보라는 곧 새하얀 설원을 만들어 내고, 법각과 법검은 그 위에 뿌려진 혜능의 팔뚝이 되었다.

털썩! 털썩!

두 사람은 자신들의 몸에 무슨 일이 일어났는지도 눈치채지 못한 채로 쓰러지고 말았다.

이제 남은 이는 둘.

녹나한(鹿羅漢) 법규(法奎)와 반나한(潘羅漢) 법성(法城)뿐.

"대체…… 무슨 사술을 부린 것이냐?"

나한전의 수장, 법규가 얼굴을 일그러뜨리며 소리친다.

한평생 소림의 것만이 최고이며 소림을 위해서는 사문의 존장도 해할 수 있다는 자.

사부님에게 사문을 위해 죽어달라며 악귀같이 소리치던 모습이 생생하게 떠오른다.

"보신 그대로예요. 달마삼검이죠."

"말도 안 되는 소리! 너는 분명……!"

"예. 떠나기 전의 저는 달마삼검을 흉내만 낼 수 있을 뿐이었죠."

남소유가 싸늘하게 말을 이었다.

"그래서 당신들에게 감사하게 여겨요. 당신들에 대한 분노로 제가 이만큼 강해질 수 있었으니까요."

"……혈나한이나 되어 삿된 것에 빠지다니. 소림의 무학에는 청정과 자비만을 담아야 하건만 그 속에 살의를 심다니. 역시나 불길한 징조를 가진 아이로다."

"마음대로 떠드세요."

옛날이었다면 자신을 인정치 않는 저들에게 분노를 터뜨렸을 테지만, 이제는 그렇지 않다.

도리어 이들이 불쌍하게만 여겨졌다.

제 세상에 갇혀 사라진 옛 영광이나 그리다 서서히 옹졸해지고 편협해지기만 하는 이들. 자신들이 믿는 바만 전부라고 소리치는 모습이 안타까울 따름이었다.

"사부님이 왜 사문을 등지려 하셨는지 이제야 알 것 같군요."

법규와 법성이 움직인다.

염화공(捻花功)과 포대공(布袋功).

칠십이절예 내에서도 가장 극악한 난이도를 자랑한다는 무공이다. 초식이 너무나 현란하여 막으려다 도리어 역으로 당해 버리고 만다던가.

하지만,

"아직도 모르겠나요?"

남소유는 역시나 물러서지 않는다.

반검은 이제 붉은빛도 푸른빛도 하얀빛도 아닌, 아무런 색도 담기지 않은 무채색으로 빛났다.

"혈나한은 절대 지지 않아요."

혈나한은 소림사의 그림자. 칠십이절예를 한 몸에 담기에 각 무공이 가진 특징과 약점을 너무나 잘 안다.

그러니 이들의 공격은 발악에 지나지 않는 셈이었다.

천일적멸(千日寂滅), 달마삼검의 마지막 초식과 함께 모든 빛을 삼키는 섬광이 쏘아졌다.

채채챙!

법규와 법성은 옴짝달싹하지 못했다.

주먹이 요란하게 움직였다. 합공을 가하려 했지만 무참하게 작렬하는 남소유의 공격을 버티지 못했다.

입고 있는 가사가, 손에 걸친 염주가, 재가 되어 사라지고 있었다.

"불가의 진언은 곧 자비. 해서 목숨은 거두지 않겠어요.

하지만 전 불타와 달리 당신들을 용서할 수만은 없네요."

주르륵!

말이 끝나기 무섭게 여섯 나한들이 일제히 입 밖으로 피를 쏟는다.

검고 붉은 탁한 피다.

입고 있던 가사도 같은 색으로 물들었다.

전폐(全廢).

남소유는 여섯 나한의 단전을 부숴 버리는 극악한 초강수를 두었다.

"어찌…… 이런 수모를……!"

법규는 왼손으로 복부를 틀어쥐었다. 남소유를 바라보는 눈길에는 분노가 가득 담겨 있었다. 무인에게서 목숨보다 더 소중한 것을 빼앗아 간 이에 대한 원망이다.

"이참에 당신들의 알량한 자존심보다, 그깟 천 년의 전통보다 훨씬 중요한 것이 있다는 걸 알기 바라요."

"호오? 아가씨 손길 한번 매운데?"

간독은 눈앞에 있는 승려의 묵직한 제미곤을 역수로 쥔 비수만으로 흘리며 휘파람을 불었다.

다섯 나한과 겨루는 내내 남소유의 싸움을 지켜봤다.

겉으로만 쌀쌀맞을 뿐 속으로는 여리기 짝이 없는 아가

씨라 걱정을 했었는데 생각보다 훨씬 잘해 주었다.

혹 분노에 이성이 잡아먹혀 무차별적인 살상을 저지르지는 않을까 하는 예상도 했지만 다행히 비켜 갔다.

그래도 역시 불가의 제자는 다르다는 걸까.

"이제 나도 슬슬 뛰어 볼까?"

간독은 눈을 가느다랗게 좁혔다.

다섯 나한들은 그가 빠른 기동을 이용한 암습과 타격을 주로 삼는다는 걸 눈치챘는지, 주변을 에워싸 절대 빠져나갈 수 없게 만들었다.

그래서 간독은 변변찮은 공세도 가하지 못한 채로 쥐새끼처럼 요리조리 피하는 신세를 면치 못했다.

하지만 이대로만 있을 생각은 없었다.

'이젠 빈틈도 꽤 많이 보이고.'

간독은 피하면서 나한들의 공격을 낱낱이 파악했다.

덕분에 알아낸 사실은, 이들이 실전 경험이 거의 전무하다는 점이었다.

분명 이론과 연습에 치중한 건 보인다. 딱딱 맞아 떨어지는 연수합격은 탄성이 절로 나올 정도니.

그렇지만 그것은 단순한 곡예에 지나지 않는다.

진정한 무공은 수많은 사선을 건너며 완성되는 것.

자비니 뭐니 알 수 없는 말을 지껄여 대며 '삿된 것! 정화시켜주마!' 라고 소리쳐 봤자 귓등으로도 듣지 않는다.

쉭!

간독은 자세를 숙여 머리를 때려오던 곤을 슬쩍 피했다. 권법과 곤법으로 유명한 소림사답게 오호곤(五虎棍)은 제법 매서웠다.

"그럼 그 호랑이 전부 내가 잡아주지!"

간독이 송곳니를 드러내며 소매에 들어 있던 비수를 모두 꺼냈다.

손가락 사이사이로 비집고 들어간 여덟 자루의 비수가 마치 노호를 터뜨리기 위해 준비하는 맹수의 발톱처럼 잔뜩 웅크려졌다.

바로 그때,

『죽이진 마!』

무성의 전음이 귓가를 때렸다.

덕분에 잔뜩 기세등등하게 실었던 힘이 쭉 빠질 뻔했다.

"하여간 빌어먹을 애송이 새끼! 이래라저래라 주문만 많아서는!"

그래도 당부를 거절할 마음은 없는지 처음에 눈대중으로 잡았던 각 목표에서 한 치 정도 벗어난 지점을 타격점으로 잡았다.

"받아라! 땡중들아!"

퓨퓨—풋!

비수가 일제히 간독의 손아귀를 벗어나 사방팔방으로 일제히 쏟아진다.

마치 원형진을 구성한 궁수들이 일제히 쇠뇌를 격발한 것처럼 아주 빠르게 날아들었다.

팔방풍우(八方風雨)!

그가 익힌 무흔무비는 흔적을 남기지 않는 초식답게 눈 깜짝할 사이에 나한들에게 꽂혔다.

퍼퍼퍽!

다섯 나한들은 저마다 오른손을 부여잡으며 물러났다. 비수가 손등 중앙에 정확하게 박혀, 들고 있던 병장기들이 모조리 바닥에 떨어졌다.

그중에서도 간독이 가장 상대하기가 난감했던 이들 세 명은 팔뚝에도 비수가 꽂히고 말았다.

"크윽……!"

"어떻게 이런 수를?"

나한들은 인상을 찡그리기만 할 뿐 움직이지 못했다.

다친 손등의 통증이 찌릿찌릿하게 울리는데다가, 언제 마혈을 짚었는지 몸이 목석처럼 뻣뻣하게 굳어 버렸다.

간독은 다섯 나한 중 가장 연장자로 보이는 복나한(伏羅漢) 법응(法應)의 목덜미에다 새로 뽑은 비수를 갖다 댔다.

"쫄따구들한테 무기 내리고 투항하라고 말해. 안 그럼 손등처럼 이 뽀얀 턱에도 구멍을 내줄 테니까."

간독의 차가운 웃음에 법응은 소름이 돋았다.

챙그랑!

무성은 상대방에게서 빼앗은 불장(佛杖)을 바닥에다 아무렇게나 떨어뜨렸다.

"천하의 소림이 이것밖에는 안 되나?"

"닥쳐라, 이놈!"

제나한(濟羅漢) 법현(法現)이 소리 지른다.

이미 같이 합공했던 다른 네 명의 나한들은 피를 토하며 쓰러진 상태.

주변에 서 있는 것은 그가 유일했다.

하지만 그마저도 방금 전에 제미곤을 쥐고 있던 오른팔이 기형적으로 꺾여 더 이상 싸울 상태가 되지 못했다.

"소리를 지르고 악다구니를 외치는 것밖에는 할 줄 모르는가 보군."

무성이 싸늘한 어조로 말했다.

"닥치라고 했다!"

"역시 방장을 만나 봐야겠어. 상황이 이 지경이 되었는데도 여전히 나오지 않는 걸 보니 겁쟁이에 불과한 모양이군. 십계십승도 사대금강도."

"닥치라고 하였……!"

퍽!

무성은 발을 빠르게 놀려 법현에게 다가가 목 뒷덜미를 수도로 내리쳤다. 털썩, 하고 쓰러진 녀석을 받아 다른 나한들과 함께 나란히 옆에 놓았다.

무성은 주변을 둘러보았다.

법승을 업은 법요와 법우가 움찔거린다. 다른 무승들도 끼어들 엄두도 내지 못한 채 한 걸음 뒤로 물러섰다.

'이것밖엔 안 되나?'

법승을 상대할 때는 그래도 재미라도 있었다.

그가 보인 끈기. 승부에 대한 집착. 그리고 무공에 대한 깊은 이해도까지.

역시나 천 년의 저력은 어디 가지 않는구나 싶었다.

하지만 다른 나한들과 겨뤄 보고 난 후에 느꼈다.

소림은 이제 명운이 다했구나, 하고.

자존심만 남아 옹고집만 부리는 이들.

어떤 결단을 내리지 않는다면 결국 이들은 흐르는 세월에 묻혀 언젠가는 사라지고 말 것이다.

'백팔나한진은 볼 필요도 없겠어.'

비무행을 생각하면서 과거 백율이 무신행 때 그랬듯이

소림이 자랑한다는 절진과도 겨뤄 볼까 했었다.

하지만 생각을 바꿨다.

이들은 더 이상 무신행 때의 소림사가 아니다. 괜히 꺾어 봤자 무명에 별 도움도 되지 않는다. 도리어 귀병가의 이름에 먹칠만 할 뿐이다.

'남 소저의 은원을 푼다.'

무성의 눈동자가 귀화를 뿜었다.

귀화가 향하는 곳은 북쪽.

소림의 가장 중심이자 현기가 발현되는 곳이다.

아마 그곳이 방장이 머무는 용정(龍庭)일 것이다.

"남소유! 간독!"

"예!"

"예!"

귀병가의 행사이니 말을 낮췄다.

"방장실까지, 길을 뚫는다."

"존명!"

"존명!"

남소유와 간독이 발 빠르게 움직이자, 다른 무승들이 다급해졌다. 수십 명이나 되는 이들의 인의 장벽을 세워 북쪽으로 가는 길목을 차단했다.

하지만 무성은 전면을 향해 몸을 날렸다.

콰!

*　　　*　　　*

소림사의 주지가 머무는 거처, 용정.

사대금강이 다급히 찾아왔다.

"방장 사형! 혈나한, 그 배은망덕한 아이가 무뢰배들을 이끌고 감히 분란을 일으키고 있다 하오! 이 일을 막아야 하지 않겠소?"

"법승이 당했다 하오. 경계령을 내려 백팔나한진을 구성해야 하오!"

"방장! 결단을 내리시오, 방장!"

"방장!"

법승의 스승, 광목금강 홍학의 인상이 가장 싸늘했다.

당장이라도 놈들에게로 달려갈 태세였다. 젊은 시절 소림에 무수히 많은 골칫거리를 안겼던 그의 성격을 생각해 본다면 대단한 인내심으로 참고 있는 중이었다.

하지만 사대금강은 소림을 움직이는 기둥.

함부로 경거망동해서는 안 되기에 방장의 명령 없이는 절대 움직일 수 없었다.

하지만 이런 위급한 상황에서도 방장, 홍선(洪禪)은 불상 앞에 가만히 앉아 염주만 굴리고 있었다.

"아미타불. 아미타불."

방장 사형이 계속 등만 보이고 자신들의 말에는 응대도 해 주지 않자, 사대금강은 속이 썩어 문드러질 것만 같았다.

"이보시오, 방장 사형!"

결국 홍학이 참다못해 벌떡 자리에서 일어났다.

길게 늘어뜨린 턱수염이 부르르 떨린다. 노호 때문에 용정 또한 통째로 울렸다.

다른 금강들은 묘한 눈이 되었다.

'허! 그새 더 강해졌구만!'

'과연 그 제자의 그 사부라는 겐가?'

'면벽을 행했다더니.'

요 근래 열심히 뛰어다니는 제자를 보다 무언가 깨달음이 있었다더니. 이제는 심후한 공력의 깊이를 측정할 수가 없었다.

"무뢰한들이 감히 신성한 본사의 경내를 어지럽히고 있소이다. 그런데도 정녕 방장 사형께서는 저들을 묵고하실 생각이시오? 나한들도 모두 나가떨어진 마당에!"

이렇게까지 진노를 터뜨리는데 계속 무시할 순 없다.

이윽고 홍선이 가만히 입을 열었다.

"아미타불. 업보로다, 업보. 사제들께서는 우리가 그 아이에게 행한 일을 떠올리지도 못한단 말씀이신가? 모두 돌고 돌아 우리에게로 온 것일세."

홍선은 여전히 등을 돌리고 있다. 하지만 목소리에 살짝 슬픔이 묻어 있다.

"흥! 난 그딴 것 모르오. 내가 아는 건 전대 혈나한이 십년 면벽을 해도 모자랄 만큼 계율을 크게 어겼다는 것이고, 그로 인해 본사가 분란에 잠겼다는 것뿐. 내가 볼 때 당대 혈나한은 본사에 횡액만 가져다주는 악귀일 따름이오."

유순한 성품을 가진 홍선과 달리 홍학은 강직한 성정을 자랑한다.

특히 규율에 있어서 그는 칼 같은 잣대를 들이댄다.

"당대 혈나한이 몰래 본사에서 도피를 한 후에 방장 사형이 얼마나 많이 죄책감에 시달렸는지는 잘 알고 있소. 하지만 그렇다고 해도 아닌 건 아닌 것이오. 여전히 그때의 감정에 취해 대사를 그르치려 한다면…… 어쩔 수 없지. 내가 알아서 정리하겠소. 방장 사형은 계속 그렇게 선한 역할을 맡으시구려."

홍학이 벌떡 자리에서 일어나 몸을 돌렸다.

"내가 수라가 되어 지옥도를 걷지 않으면 어느 누가 수라가 될 텐가!"

"이보게, 홍학! 어딜 가는가!"

"홍학!"

지국금강(持國金剛) 홍개(洪蓋)와 증장금강(增長金剛) 홍율(洪律)이 다급히 홍학의 뒤를 따른다.

유일하게 남은 다문금강(多聞金剛) 홍민(洪珉)만이 따라나서지 못하고 쭈뼛거렸다. 가만히 홍학과 홍선을 번갈아 보면서 어쩔 줄 몰라 했다.

"홍학 사제를 따라가 주게. 자네들이 나서지 않으면 본사를 누가 지키겠나?"

"예, 방장 사형."

결국 홍민도 다른 사대금강을 따라 사라졌다.

홍선은 가만히 눈을 감으며 중얼거렸다.

"아미타불. 아미타불. 결국 이런 날이 오고 말았구나. 시주께서 공언하신 대로 역사가 깊으니 이리저리 얽힌 실타래들이 덩어리가 되어 돌아오는 듯하오."

"그러니 내 말하지 않았었나? 곧 시끄러워질 테니 진즉에 내게 맡기라고 말일세."

불상이 드리운 그늘을 가르며 무언가가 스르르 조용히 나타난다.

다부진 인상. 억센 눈매. 비틀린 입가.

잘 벼린 검과 같은 기세가 풍기는 노인, 북궁대연이다.

"지금이라도 좋으니 본가에 맡기게. 미안하지만, 자네들만으로는 귀병가를 상대할 수 없어. 그들은 이미 야차나 다름없는 무리들일세."

"그 대답은 여전히 똑같소."

홍선은 고개를 저었다.

"본사의 일은 본사가 알아서 처치하겠소, 북궁 시주."

"글쎄. 그 대답이 계속 그대로일 수 있을까?"

"홍학! 멈추게! 잠시만 멈춰 보래도!"

홍개는 용정을 나서자마자 다급히 홍학의 팔을 잡아 세웠다.

"왜? 사형께서도 방장 사형의 말을 따르시려고?"

"그럴 리가 있겠나? 나는 예나 지금이나 사형이 아닌 자네의 편일세."

홍학은 그제야 얼굴이 한결 편했다.

과거 그는 홍선과 함께 누가 방장이 될 것인지를 두고 다투던 사이다. 비록 이해 못 할 우자배 어른들의 선택으로 한 걸음 물러서야 했으나, 끝까지 그를 믿어준 이가 바로 홍개였다.

"놈들을 막을 때 막더라도 매사에 조심을 기하고 해야

하지 않겠나?"

홍개는 수도승답지 않게 머리를 잘 굴린다. 덕분에 재정을 책임지는 총관 역할은 물론, 소림을 대표해 조정과도 친분을 다졌다.

"어떻게 말이오?"

"벌써 잊었는가? 엊그제 찾아온 손님들을."

"으음!"

홍학은 작게 침음성을 흘렸다.

얼마 전에 용정과 팔대호원에 몰래 찾아온 객들이 있었다.

무신련에서 찾아왔다면서 스스로의 신분을 밝힌 이들.

바로 북궁검가의 사람들이었다.

경건해야 할 산문과 어울리지 않게 하나같이 살벌한 기세와 진득한 혈향을 피워 대던 북궁대연과 검귀들은 곧 소림사에 분란을 일으킬 종자들이 올 것이니 자신들이 그들을 잡을 수 있게 해 달라고 부탁했다.

소림사 역시 듣는 귀가 있다.

오늘날 북궁검가가 어떤 신세가 되었는지 모를 리 만무하다.

아마 귀병가라는 놈들과 어떤 악연이 있는 것일 터.

소림사는 일언지하에 거절했다.

그들의 은원 다툼에 왜 자신들이 얽혀야 한단 말인가?

만약 소동이 있어도 자신들의 힘만으로 처리할 작정이었다.

그래서 곧 액운이 있다는 핑계로 무자배들을 대신해 법자배들로 하여금 문을 지키게 했던 것인데.

그런 와중에 일이 요상하게 꼬여 버렸다.

하필 그들 사이에 혈나한이 섞여 있을 줄이야.

"하지만 놈들에게 사문을 더럽히게 하고 싶지는 않은데. 더군다나 본사의 일에 타인의 손을 빌리는 것이……."

홍학은 눈살을 찌푸렸다. 검귀들이 날뛸 것을 생각하니 마딱치가 않았다.

"그래도 어쩌겠나? 독은 독으로 제압해야 하는 법. 언제까지고 귀병가인가 하는 놈들이 멋대로 설치게 내버려둘 수는 없지 않은가?"

"흠! 역시 안 되겠소. 괜히 이깟 일에 경내를 사기로 더럽히고 싶지 않소. 사형께서 지객당(知客堂)에다 잘 이야기해 주시오."

"……사제까지 그리 말한다면 어쩔 수 없지."

"그리고 홍율, 자네는 당장 천왕전(天王殿)으로 가 십계 십승들을 불러 주시게."

"알았네."

뒤따라온 홍율도 홍개와 함께 움직였다.

홍학은 시뻘겋게 달아오른 눈으로 중얼거렸다.

"본사를 어지럽히려는 놈들은 어느 누구도 용서치 않으리라."

*　　*　　*

금태연은 자신을 찾아온 홍개를 보았다.

"일은 어찌 되었나요?"

"장문도, 홍학 녀석도 도무지 말귀를 못 알아듣소."

"잘 되었군요. 어차피 우리에게 필요한 건 나중에 개입을 위한 명분 쌓기일 뿐. 손을 내밀었으나, 걷어찬 것은 소림이니 나중에 후회해도 이미 늦을 거예요."

금태연이 작게 중얼거렸다.

"예. 모두 후회하게 되겠지요."

第七章

천 년의 업(業)

무성과 귀병들은 전각과 전각 사이를 넘나들었다.

복잡한 길 위를 뛰어다니는 것보다 지붕 위를 날아다니는 것이 용정까지 직선으로 주파하기 좋았다.

"어딜 가려 하느냐!"

파라락!

세 명의 승려가 위로 튀어 오르며 앞을 가로막는다.

가사가 바람에 펄럭이며 제미곤이 튀어나왔다.

쿵!

땅을 가볍게 찍자 먼지가 동심원을 그리며 퍼져 나간다.

그 위로 제미곤이 마치 창처럼 무섭게 앞으로 쏘아졌다.

쾅!

무성은 도리어 앞으로 몸을 날렸다.

가슴팍을 찌르려는 제미곤의 끝을 손등으로 쳐서 옆으로 물린다.

동시에 발을 놀려 단숨에 승려와의 간격을 최대한 좁히며 왼쪽 어깨로 상대를 때렸다.

펑!

공기가 터져 나가는 소리와 함께 승려가 지붕 밑으로 추락한다.

무성은 떨어진 제미곤을 받아 가볍게 한 손에 쥐었다.

쓸데없이 길이가 길었지만 왼손을 세워 끝 부분을 뭉텅 잘랐다. 그러자 볼품없는 몽둥이처럼 되었지만 검처럼 다루기엔 좋았다.

이미 무기가 없어도 충분한 경지에 이르렀지만 있는 것과 없는 것의 기분 차이는 크다.

탁!

무성은 검을 대신할 것을 만듦과 동시에 물 흐르듯이 몸을 움직여 좌우로 연타를 날렸다.

픽! 픽!

좌측에 있는 승려는 제미곤의 끝을 아래로 가볍게 누르고 명치를 푹 찔렀다. 우측에 있는 승려는 하체를 가볍게 쓸어

위로 붕 떠오른 것을 발로 걷어찼다.

동작을 취하면서 각자의 체내에 영주를 심어 두는 것도 잊지 않았다.

영주는 거리가 떨어져 있어도 항상 본체인 영목과 긴밀하게 반응한다. 덕분에 무성의 의지 없이는 절대 거둘 수가 없다. 앞으로 두고두고 승려들의 발목을 잡는 족쇄가 될 터였다.

벌써 이런 식으로 처치한 승려의 수만 물경 오십.

그 외에 간독과 남소유가 처치한 이들도 적잖으니 벌써 소림이 자랑하는 무승 태반이 쓰러진 셈이다.

'이 지경이 되었는데도 아직 안 나타난다고?'

무성은 인상을 찡그렸다.

용정으로 달리는 내내 소란을 일으켜 무너진 전각이 두 채. 죄 없는 학승과 동자승, 시주들은 천재지변이라도 맞은 것처럼 도망치기에 바쁘다.

이쯤 되면 어떤 반응이 있을 텐데도 나한전을 움직인 것 외에는 이렇다 할 반응이 없다.

'대체 무슨 생각인 거지?'

무성은 정말 방정을 만나러 용정에 가는 방법밖엔 없나 싶어 몸을 계속 앞으로 쭉쭉 날렸다.

바로 그때였다.

"더 이상 앞으로 가지 못한다!"

"악귀는 물렀거라!"

'왔다!'

파바밧!

용정을 둘러싼 계율원을 막 통과하려던 참이었다.

갑자기 열 개의 그림자가 솟구치더니 떡 하니 무성의 앞길을 막았다.

『십계십승이에요!』

남소유의 전음이 귓가를 때린다.

무성의 눈이 깊게 가라앉았다.

십계십승이라면 여태 상대한 법자배나 무자배가 아닌 장로에 해당하는 홍자배들이다.

남소유와 그녀의 스승을 몰아내는데 주축이 된 이들.

진정으로 그가 보고 싶었던 자들이다.

"무슨 이유로 이런 소란을 피우는 것인지는 알 수 없으나, 예전의 일을 따지러 왔다면 응당 예와 자세를 갖춰야 할 것이 아닌가! 다짜고짜 이리 무력을 쓰는 것이 무신련과 다를게 무엇이더냐! 혈나한! 대답해 보라! 네 사부가 너에게 이리 가르치더냐!"

십계십승은 불교에서 승려들이 지켜야 할 열 가지 계율을 관리하는 승려들이다.

십계십승 중 선두에 있던 살계승(殺戒僧)의 이름은 홍정(洪貞).

보아하니 여태 상대했던 이들 중 법승 다음으로 가장 말이 통하는 이인 듯했다. 그는 사문이 농락당했다는 사실보다, 남소유가 불문의 가르침을 잊었다는 사실에 더 성을 내고 있었다.

『저분은 제가 갇혀 있는 동안 절 가장 많이 신경 써 주시던 분이셨어요. 무성, 저분에게는 손속을 아껴주시면 안 될까요?』

남소유가 간곡하게 부탁한다. 마음이 약해진 모습이 보인다.

하지만,

『미안합니다, 남 소저.』

『무성!』

『이미 일이 이렇게 된 이상 누군 봐주고 누군 덜 봐주고 하는 여유를 둘 수 없습니다. 빨리 방장을 만나 결판을 봐야 하지 않을까요?』

저들이 사과를 할 것 같지도 않거니와, 하더라도 방장이 소림의 이름을 걸고 진심으로 하는 것이 아니라면 필요가 없었다.

무성은 남소유의 대답을 듣지 않았다. 대신에 행동으로 보였다.

쐐애액!

"흡!"

홍정이 갑작스레 나타난 무성을 보고 크게 놀란다. 하지만 곧 십계십승의 수장답게 냉정을 되찾으며 걸음을 뒤로 물리며 주먹을 뻗었다.

콰콰콰!

풍와가 일어나면서 격류가 휘몰아친다.

다가가는 것만으로도 튕겨날 것 같은 위압!

칠십이절예, 추풍장공(追風掌功)이다.

'고황? 그분의 수준은 되겠어.'

법승에 이어 두 번째로 만난 신주삼십육성 급 고수다.

한 문파 안에 그만한 고수가 둘이나 되다니.

제아무리 약해졌다고 해도 소림은 소림인가 보다.

'하지만 그렇게나 되는 곳이 무신련의 눈치나 보았다는 사실이, 남 소저를 그렇게 희생시켰다는 사실이 마음에 들지 않아!'

무성은 지체하지 않고 풍와를 때렸다.

펑!

"컥!"

홍정이 피를 토하며 뒤로 튕겨 난다.

장풍을 쏟았던 손은 충격파를 버티지 못하고 터졌다. 피륙이 갈라져 시뻘건 피를 흠뻑 뒤집어썼다. 뼈가 훤히 보일 정도로 큰 중상이었다.

그런데도 홍정은 몇 걸음만 물러날 뿐 이를 악물며 버텼다. 자리를 그대로 고수하며 핏대 오른 눈으로 무성 등을 노려보았다.

"법유우우우!"

순간, 뒤에서 남소유가 움찔 떠는 것이 느껴졌다.

법유. 남소유의 법명.

홍정의 분노에 찬 외침이, 구슬픈 노호가, 그녀의 마음을 흔든 것이리라.

벌겋게 달아오른 홍정의 눈자위에는 슬픔이 잔뜩 담겨 있었다.

그러나 무성은 가차 없었다.

쐐애액!

다시 공세를 날린다.

펑! 펑! 펑!

공기가 터져 나갈 때마다 홍정의 육신이 들썩거린다.

무성은 별다른 동작을 취하지 않았다.

수평, 수직, 사선. 삼재검법에 불과하다. 하지만 그의 동작 하나하나는 말끔하고 위력이 대단했다.

결국 홍정은 계속 뒤로 쭉쭉 밀려나다가 마지막 삼격에 다다랐을 때 가슴팍을 후려 맞고 뒤로 크게 튕겨 났다. 이미 공세를 버텨 내던 양손은 찢어져 피투성이였다.

이미 십계십승은 연합진을 구사하고도 법승에게 패한 전적이 있다. 하물며 법승을 일검에 패퇴시킨 무성이 이들에게 당할 이유는 전혀 없었다.

콰쾅!

곤이 뿌려 대는 풍압도 장난이 아니었다.

삼격이 휘몰아칠 때 생성된 후폭풍은 마지막 타격에서 제대로 터지며 옆에 있던 다섯 승려를 날려 버렸다.

십계십승 중 여섯을 단번에 제압하는 솜씨는 가히 신기라 할 수 있는 바.

무성은 거기서 그치지 않았다.

남은 십계십승의 숫자는 넷.

여세를 몰아 단숨에 제압을 할 요량으로 몸을 측면으로 틀었다.

곤이 팽이처럼 뱅그르르 돌아가면서 풍와가 안쪽으로 쏠렸다.

"저, 저, 저것은……!"

"추풍장공! 외인이 어찌 저것을 다룰 수 있단 말이냐!"

분명 홍정이 무성을 상대하기 위해 잠깐 보였던 추풍장공이다. 바람을 모아 와류를 만들었다가 장풍과 함께 발출하는 무공.

하지만 십계십승의 경악은 거기서 그치지 않았다.

쾅!

진각을 세게 지르밟으며 추풍장공의 수법으로 모은 풍와를 터뜨린다.

"천근갑까지!"

오로지 철나한에게만 전수되는 천근갑. 무성을 상대하다 쓰러졌던 법승의 기예였다.

보의 수문이 열리자 단번에 분출하는 물줄기처럼 풍와는 해일이 되어 십계십승을 덮쳤다. 곤을 수평으로 내긋자 무지막지한 공세가 불어닥쳤다.

퍼퍼펑!

전면에 있던 세 명은 다급히 자세를 갖췄다.

금강부동신법!

몸을 철벽처럼 단단히 만들어 어떤 공세에서도 버틸 수 있도록 만들어 준다는 기예로 어떻게든 버텨 보려 한다.

하지만 제아무리 단단한 암벽도 거센 노도 앞에서는 언젠가 바스러지기 마련이다.

결국 세 명은 고스란히 풍와에 휩쓸려 홍정과 같은 신세가 되고 말았다.

그나마 치계승(痴戒僧) 홍원(洪圓)이 비교적 풍와의 후미로 피신해 여파가 덜 미쳤으나, 무성은 그마저도 허락지 않았다.

풍와를 거침없이 버리며 몸을 반전시킨다.

"놈!"

홍원이 재빨리 철슬공(鐵膝功)을 펼쳐 무릎으로 무성의 옆구리를 치려 했다.

그러나 무성은 왼손으로 상대의 허벅지를 아래로 찍어 누르면서 오른쪽 팔꿈치로 명치를 찍었다. 아니, 찍으려 했다.

방해만 없었다면.

"이 불경한 작자가!"

갑자기 사색이 된 홍원 앞으로 무언가가 툭 떨어졌다.

콰쾅!

거력이 담긴 힘이었는데도 불구하고 갑자기 나타난 노승은 왼 손바닥으로 무성의 팔꿈치를 능숙하게 받았다. 가벼운 진동파가 울렸지만 꿈쩍도 않았다.

'강하다! 법승, 아니, 그보다 더!'

신주삼십육성 급의 고수가 또 있다고?

무성이 믿기지 않는다는 투로 노승을 보았다.

험상궂은 인상. 마치 지옥을 다스리는 염라대왕 같다.

'사대금강이구나!'

무성은 그제야 상대의 정체를 알아차렸다.

증장금강 홍율이다.

"여태 천둥벌거숭이처럼 날뛰던 것을 후회하게 해 주마!"

홍율은 손바닥으로 감싼 무성의 팔꿈치를 앞으로 세게 밀었다.

이미 신력이라면 변이 때부터 영호휘에 버금갈 정도로 대단했던 무성이었지만, 홍율은 그보다도 훨씬 억센 힘을 자랑하는 장사였다.

무성은 재빨리 퇴보를 밟아 물러서려 했다.

하지만,

"어딜 가려 하느냐!"

갑자기 난데없이 후미에서 보이지 않는 공세가 공간을 격하고 날아들었다.

"흡!"

무성은 재빨리 몸을 반대로 틀며 공세가 부는 쪽으로 곤을 휘둘렀다.

퍼—엉!

격공장은 곤을 힘껏 때렸다.

곤이 부르르 몸을 떨더니 곧 중앙에 금이 퍼걱 하고 가해졌다.

'백보신권(百步神拳)! 그렇다면 저자가 홍학?'

저 멀리 차가운 눈을 하고서 이쪽으로 주먹을 겨눈 이가 보였다.

소림사로 오기 전 남소유에게 물은 적이 있다. 소림사에서 가장 경계해야 할 무공이 무엇이냐고.

남소유는 두 가지를 꼽았다.

달마삼검과 백보신권.

특히 백보신권을 조심하라고 일렀다.

달마삼검은 정수가 자신에게만 전달되어 만약 소림에서 익힌 자가 나타나도 초식만 익혀 별다른 위협이 되지 못할 것이나, 일백 걸음 밖에서도 금강석을 터뜨릴 정도로 대단한 격공장을 시전하는 백보신권만큼은 경계해야 한다고.

과연 남소유의 경고는 거짓이 아니었다.

여태 어렵지 않게 다루던 곤이 박살 나려 하니.

'홍학과 홍율만 하더라도 상대하기가 버거운 자들이야. 다른 이들까지 가세하면 골치 아파져. 그렇다면……!'

자객으로서 훈련을 받은 무성은 승리를 위해서라면 모든 수단 방법을 가리지 않아야 한다고 배웠다.

사대금강이 완전체가 되기를 기다리는 것만큼 멍청한 짓도 없었다.

무성은 다문금강 홍민이 있는 동쪽으로 곤을 던졌다.

분명 시야도 닿지 않는 사각지대다. 하지만 예민한 감각 덕택에 마치 뒤통수에 눈이라도 달려 있는 것처럼 정확하게

곤이 날아들었다.

"허튼짓!"

그때 홍학이 코웃음을 치며 자세를 옆으로 틀었다.

쾅!

백보신권이 다시금 전개된다.

진각과 함께 허공으로 쭉 뻗은 주먹. 단순한 정권 찌르기로 보이지만 일대 공간이 떨리며 홍민에게로 날아들던 곤의 옆구리를 그대로 적중했다.

홍민도 가만히 있지 않았다.

파라락!

팔을 허공에다 가볍게 뿌린다. 소맷자락이 바람에 나부꼈다.

수리건곤(袖裡乾坤)!

펄럭이는 소매를 이용해 상대의 공격을 제압하고 반격을 가하는 무공을 수법(袖法)이라고 한다.

홍민이 입고 있는 가사가 마침 주먹 두 개는 더 들어갈 것처럼 통이 컸다.

마치 이불로 덮어 작은 불을 끄듯이 소맷자락이 곤을 위에서 덮었다. 이미 백보신권 때문에 내구성이 많이 떨어졌을 테니 아래로 내리쳐 완전히 부서뜨릴 작정이었다.

하지만 홍민의 의도는 딱 절반만 성공했다.

펑!

분명 곤은 위아래로 덮치는 충격을 버티지 못하고 부서졌다.

하지만 문제는 그들이 예상했던 것보다 훨씬 크게 산산조각 났다는 점이었다.

곤을 이루던 파편은 하나하나가 날카롭고 뾰족했다.

설상가상으로 곤에 실린 관성의 힘이 대단했다.

파산검훼!

마치 암기처럼 쏘아진 파편들은 소매에다 구멍을 숭숭 내버리는 것은 물론, 그 뒤에 멀거니 서 있던 홍민의 몸에 고스란히 박혔다.

금강불괴에 가까운 외공 덕택에 치명상은 면할 수 있었으나, 홍민은 피를 잔뜩 쏟는 몰골로 허물어졌다.

갑작스러운 사태에 놀란 것은 다른 사대금강이었다.

"사제!"

"홍민! 네 이놈!"

"안 된다, 홍율! 도발에 넘어가서는 안 돼!"

홍율이 분노를 이기지 못하고 무성에게로 달려들었다. 양손을 세게 말아 쥔 그는 당장에라도 무성을 찍어 누를 것 같이 살기를 흘려 댔다.

눈치가 빠른 홍개가 다급히 소리를 질렀지만, 이미 홍율은 무성과 맞닥뜨린 후였다.

무성은 홍율이 자랑하는 아라한신권(阿羅漢神拳)에 직접 부딪치지 않았다.

이미 귀병으로서 무기를 잃었을 때를 대비해 박투도 익혔던 바. 박투의 기본은 상대의 공세를 미연에 차단하고 반대로 이쪽의 유효타를 강하게 먹이는데 있었다.

특히 무성은 외공의 달인이라 할 수 있는 사대금강과 직접 부딪치면 여러모로 불리했다. 반대로 그에게는 소림의 승려들에게 없는 빠른 발이 있었다.

쾅!

홍율의 주먹이 무성의 복부에 꽂혔다.

"됐……!"

홍율이 쾌재를 외치려 했으나, 이상하게도 주먹에 아무런 감촉이 없었다.

스르륵, 무성의 신형이 사라졌다.

대신에 갑작스레 그의 뒤편으로 무성이 나타났다. 권풍에 의해 살짝 찢긴 소매가 앞으로 쭉 뻗혔다.

펑!

무성은 손바닥을 활짝 펼친 채로 홍율의 등을 세게 두들겼다.

공력이 홍율의 체내로 물밀 듯이 쏟아진다.

이미 수많은 무승들을 무릎 꿇게 만든 내가중수법이다. 영주가 가미된 경력은 단숨에 홍율의 단전을 짓눌러 몸을 마비시켰다.

순식간에 두 명을 제압한 무성은 다시 반전했다.

보이지 않는 격공장, 백보신권이 후두부를 노리고 달려들고 있었다.

콰—앙!

이쪽에서도 주먹을 뻗었다.

보이지 않는 정권과 맞부딪친 주먹의 피륙이 터졌다. 피가 흘러내렸다.

소림사에 온 이후로 처음으로 본 상처다.

"무성!"

남소유가 놀라 소리친다.

하지만 무성은 걱정 말라는 듯이 왼손을 들어 보였다.

그는 잠시 피로 흠뻑 젖은 오른손을 내려다보았다.

'역시 강호는 넓어.'

환골탈태를 하고, 영운해법을 만들고, 몸에 익숙해지면서 점차 백율 외에 적이 없는 것은 아닐까 하는 생각을 잠깐 했었다.

실제로 이젠 과거의 영호휘가 와도 뒤지지 않을 자신 있었다. 특히 법승을 일검으로 격퇴했을 때는 그런 생각이 더 뚜

렷했다.

하지만 착각이었나 보다.

백보신권을 전개하는 홍학만 하더라도 영호휘 못지않은 고수였다. 더군다나 신주삼십육성에 버금가는 홍개도 아직 남아 있지 않은가.

소림이 대단하긴 대단한 모양이다.

속세를 떠난 지 그리 오래 됐으면서도 이런 저력을 보유하고 있다는 사실이 놀랍기만 하다.

하지만,

'그뿐이지!'

무성은 우수를 세게 오므리며 진각을 세게 밟았다.

쿠—웅!

"서, 설마!"

주변에서 경악을 해 댄다.

무성이 보이는 자세가 그들에게도 너무 익숙하기 때문이었다. 이미 소림의 무공을 자유자재로 훔쳐 보인 전적이 있으니 놀랄 수밖에.

하지만 우려는 곧 결과로 나타났다.

콰—아—앙!

주먹을 옆으로 튼다. 정권이 향하는 방향은 홍개.

분진이 가볍게 일어나며 백 걸음도 더 되는 밖에 위치한 홍개의 복부를 보이지 않는 격공장이 작렬했다.

백보신권이었다.

"크허억!"

홍개는 피 화살을 토하며 한참이나 튕겨 나다 이내 구르고 말았다.

"후우우……!"

무성은 길게 숨을 토했다.

거력을 쏟아 내느라 갑자기 온 근육을 쥐어짠 덕택에 몸이 아우성을 질러 댔다.

"두 번 할 건 못 되는군."

역시 무성이 할 수 있는 건 겉만 그럴싸할 뿐. 위력도 내공 순환도 사실 본래 무공과 같지 않다. 그런데도 그것을 억지로 따라하려 했으니 몸이 삐거덕 댄다.

애초 무성의 주무공은 검법이다.

그런데도 억지로 권장지각을 검법처럼 펼쳐 대려 했으니 무리가 따른다.

하지만 타인들이 봤을 때는 무성이 보인 것은 영락없는 백보신권이었다.

"네놈……!"

홍학은 분노로 젖어 몸을 바들바들 떨었다.

자신의 한평생이 담긴 무학을 만인이 보는 앞에서 빼앗기고 말았으니 망연자실할 수밖에 없다.

"당신과 겨루려면 보통은 안 될 것 같아 방해꾼들은 모두 치웠습니다."

"놈!"

무성은 홍학이 소리를 치든 말든 신경 쓰지 않고 우수를 활짝 펼쳤다.

상대는 그도 승부를 장담하기 힘든 고수다.

그렇다면 검으로 다퉈야 한다.

하지만 여기는 따로 검이 없다. 소림의 근간이 불교이다 보니 타인을 해할 수 있는 도검 대신에 권장지각을 주로 삼기 때문이다. 남소유의 반검도 있긴 하지만 사실 무성과는 잘 맞지 않았다.

그렇다면 남은 방법은 하나.

'만들어야지.'

무성은 영목의 범위를 확장시켰다.

좌르륵!

손바닥을 따라 영주가 거미줄처럼 올라오더니 일정한 결을 따라 비스듬하게 걸쳐졌다. 영주가 쭉쭉 위로 올라가면서 안으로 단단히 압축된다.

그러자 위로 새로운 영주가 올라와 감싸고, 다시 그 위로 새로운 영주가 감싼다. 계속 같은 방식을 반복한다.

손을 놓자, 무성의 의지에 따라 수십 겹으로 된 영주 뭉치가 허공에 둥둥 떠올랐다.

하지만 무성의 눈과 다르게 타인들에게는 보이듯 안 보이듯 일정하게 굴절된 희미한 광채만이 보일 뿐이다.

"설마…… 무형검(無形劍)인가?"

검객이 일정한 경지를 넘어서면 검이 필요 없어지게 된다. 하지만 그 경지마저 넘어서게 되면 원할 땐 언제나 검을 만들어 쓸 수 있게 된다고 한다.

자연지기를 일정한 틀에 모아 만든다는 무형검이 무성의 손에 잡혔다.

"영검(靈劍)이라고 합니다. 아직 미완성이지만."

무성은 영목과 영주에 이어 새로운 영운해법의 힘을 손아귀에 쥐며 홍학에게로 겨누었다.

"그런 걸 보인다고 한들 달라질 것은 없다!"

쾅!

홍학이 일갈을 내지르며 다시금 주먹을 뻗는다.

백보신권은 따로 초식이 없는 무학. 하지만 그것은 완성도 떨어진다는 뜻이 아니라, 그만큼 일격과 일격이 자랑하는 위력이 대단하다는 뜻이다.

무성은 백보신권에 맞서 영검을 사선으로 그었다.

펑!

대지를 쓸어오던 투명한 격공장이 역시나 투명한 검에 의해 잘려 나갔다.

그것도 너무나 말끔하게.

퍼버벙!

무성 대신에 뒤편에 있던 지붕이 부서져 기왓장이 위로 튀었다.

자랑하던 절기가 무위로 돌아갔다는 사실에 홍학이 두 눈을 부릅떴다.

무성이 작게 중얼거렸다.

"되는군."

어떻게 백보신권에 맞대응 할 방법이 없어 고민을 했었는데 잘 되었다.

곤도 주먹도 버티질 못했지만 영검은 절대 흐트러지지 않았다. 빽빽하게 밀집된 영주가 충격파를 흡수할 만큼 탄탄했다.

불리한 점이 사라졌다면 남은 것은 전격적인 공세뿐이다.

하물며 상대에게 유리하도록 간격을 내어 줄 필요는 전혀 없었다.

펑!

무성은 땅을 박차며 단숨에 홍학에게로 쇄도했다.

홍학의 인상이 굳어지더니 재차 주먹을 뿌렸다.

퍼퍼펑!

백보신권이 연달아 작렬한다.

그때마다 무성은 영검을 휘둘러 격공장을 매번 베어 냈다. 그러면서도 쉬지 않고 발을 쭉쭉 놀려 홍학과의 간격을 좁히려 했다.

무성은 언제나 자신만의 검을 가지지 못했다. 늘 적의 것을 빼앗아 사용하는 식으로 대체해야만 했다.

변이 때는 신속을 견딜 만큼 대단한 내구성을 가진 검을 찾기가 어려웠고, 탈각을 이루고 난 후로는 공력을 버티는 검이 없었기 때문이었다.

하지만 영검은 다르다.

'나만의 검을 찾았어.'

징, 징, 징!

금구환의 신기가 자랑하는 영성이 일부 깃들었기 때문일까?

영검이 기분 좋다는 듯이 울어 댄다.

이에 맞춰 단전도 찌르르 떨렸다.

하단전에서부터 상단전까지. 머리와 사지, 몸은 물론, 영목, 영주, 영검, 공력이 닿는 모든 것들이 하나로 연결되어 있었다.

영검은 정말 무성의 연장선이었다. 의식이 닿는 몸의 연장선.

쐐애액!

영검이 뿌린 검풍이 허공을 가른다.

투투퉁!

홍학이 방식을 바꾸어 왼손을 오므렸다가 터뜨렸다.

거반뇌지(去煩惱指)!

다섯 손가락 끝에서 맺혔다가 마치 암기처럼 쏟아진 지풍
은 허공에서 검풍을 격추했다.

일순, 홍학의 눈이 빛을 발했다.

마치 무언가를 발견했다는 듯.

'뭐지?'

무성이 불안감에 다시금 다리를 놀려 다가가려는 찰나, 다
시 홍학이 백보신권을 전개했다.

퍼펑!

무성은 이번에도 영검을 휘둘러 격공장을 베었다.

하지만 이번에는 방금 전과 달랐다.

지—잉!

"큭!"

영검이 살짝 흐트러진다 싶더니 다시 본래대로 수복되었
다. 하지만 충격파가 남은 잔향은 절대 얕지 않았다.

"역시 그랬군!"

홍학이 차갑게 웃더니 이번에는 쌍권을 쥐며 진각을 밟았다.

동시에 앞으로 지르는 쌍권!

퍼퍼펑!

중첩된 백보신권이 작렬한다. 영검으로 베어 내려 하지만 이번에는 이전보다 훨씬 쉽지 않았다.

"흡!"

무성은 마치 묵직한 둔기로 세게 얻어맞은 것 같은 충격을 고스란히 감수하며 버텼다. 하지만 영검이 징, 징, 하고 울어 댈 때마다 몸도 뒤로 쭉쭉 밀려났다. 입가를 따라 선혈이 흘러내렸다.

홍학은 한 번 잡은 승기를 놓치지 않겠다는 듯, 백보신권을 연달아 펼쳐 보였다.

그때마다 전해지는 충격파가 무성을 괴롭혔다.

특히 어떤 것은 영검이 흔들릴 정도로 대단한 것이어서 무성에게도 막심한 타격이 갔다.

'그랬구나!'

무성은 홍학이 눈치챈 영검의 약점을 깨달았다.

어쩌면 있는 것보다 훨씬 못할 수도 있는 취약점.

영검은 영주로 만들어진 것이니만큼 무성의 의도대로 예기와 경도가 일반 보검 이상을 상회할 만큼 대단하다.

하지만 반대로 생각하면 취약한 약점이 드러난다.

심령이 잔뜩 담겨 영검이 흔들릴수록 의식과 단전에도 상당한 타격이 전해졌다.

물론 영목이 발달하여 기맥이 더 단단해지고 영주도 세밀해져 영검을 빽빽하게 구성한다면 어느 충격파도 거뜬히 감당할 수 있을 것이다.

그러나 무성은 아직 영운해법에 대한 성취가 그리 깊지 못한 상태.

영검도 만든 것이 이번이 처음이다.

'그렇다면!'

타닥!

무성은 방법을 바꾸기로 결심하고 난데없이 땅을 세게 박찼다.

콰직!

바닥이 한 치 이상이나 깊게 파이며 무성이 허공으로 솟아올랐다.

어기충소의 수법이다.

마치 무게가 없는 것처럼 오 장이나 되는 높이로 도약한 무성은 허공에서 몸을 뒤틀면서 사방팔방으로 영검을 휘둘렀다.

쉬쉬쉭!

무수히 많은 검풍이 소낙비처럼 우수수 떨어졌다.

영주와 강기 등을 실은 검풍은 상대를 가리지 않았다. 전면에 있는 홍학은 물론, 애꿎은 땅바닥과 주변에 있는 건물까지 모조리 작렬해 쓸데없이 분진만 날리게 만들었다. 주변 바닥에는 부서진 파편이 아무렇게나 뒹굴었다.

하지만 홍학을 공략하기엔 제격이었다.

마구잡이로 검풍을 뿌려 홍학의 눈을 어지럽히는 것으로도 모자라, 먼지구름을 일으켜 시야를 차단해버리는 것이다.

영검에 약점이 있다면, 백보신권에도 약점이 있다.

바로 정밀한 시야와 원거리.

시야와 감각이 목표에 닿지 않으면 백보신권은 무용지물이다. 애초 정밀한 타격을 요주로 두기 때문에 충격파를 한데 모아야 하기 때문이었다. 원거리는 당연하다.

결국 무성은 이를 간파, 시야를 차단하는 것으로도 모자라 검풍으로 감각마저 교란시켰다.

아마 지금쯤 홍학은 계속 자극되는 기감 때문에 무성의 위치조차 제대로 잡지 못할 것이다.

물론 홍학이나 되는 고수라면 쉽게 적응할 것들이기도 하다.

쏴아아!

실제로 좌수를 펼쳐 먼지구름을 몰아내려 하고 있었으니.

하지만 무성은 상대가 만든 빈틈을 놓치지 않는다.

무슨 일이 있더라도. 반드시.

쾅!

무성은 이형환위를 전개, 허공에서 사라졌다가 단숨에 먼 지구름을 가르며 홍학 앞으로 나타났다.

홍학이 어떻게든 해 보려 재빨리 백보신권을 전개하려 했지만, 그보다 먼저 영검이 폭사했다.

바로 홍학 앞에서.

콰콰쾅!

영검은 무수히 많은 영주가 겹겹이 쌓여 만들어진 검.

당연히 이를 압축하고 있던 힘을 풀어 주면 팽창하려는 성질 때문에 폭발하고 만다.

염력 덩어리가 홍학을 덮친다. 그 위력은 절대 백보신권에 부족하지 않다.

홍학이 처음으로 피를 토하며 물러선다.

단단한 성곽을 일부 무너뜨린 기분이 든다.

"크헉!"

무성은 다시 영검을 뽑았다.

단전에서 공력이 단숨에 쑥 하고 꺼졌다.

여태 수없이 많이 싸워도 마르지 않을 만큼 풍부한 공력을 자랑했지만 영검을 만드는데 소요되는 양은 예상을 한참이나 초월했다.

그러나 사용된 양만큼 위력은 확실했다.

퍽!

영검은 단숨에 홍학의 오른쪽 어깨를 뚫었다.

동시에 영검에서 파생된 경력이 체내로 스며들어 그의 경락과 기맥에 제동을 걸었다.

"으으으!"

여태 무성을 괴롭히던 홍학이 제압된 것은 한순간이었다.

"후우…… 후우……!"

무성은 홍학에게 바짝 얼굴을 붙이며 거친 단내를 토해 냈다.

뜨거운 숨결이 홍학에게 닿았다.

홍학은 마치 더러운 파리라도 앉은 듯, 인상을 찡그리며 여전히 분노 어린 시선을 보냈다.

그 모습이 무성을 더욱 자극했다.

"왜 당신이 그런 표정을 짓는 거지?"

"네놈이 엄숙해야 할 경내를 더럽혔으니까!"

"난 분명히 처음부터 말했어. 방장을 만나고 싶다고."

"네놈들이 무슨 해코지를 할 줄 알고!"

"그래서 이쪽에서도 최대한 예를 갖췄어. 비무를 이유로. 하지만 그것을 거부한 건 당신들이지."

무성이 홍학을 내려다보며 싸늘하게 웃었다.

"당신들과 검을 맞대면서 느꼈어. 당신들은 썩었어. 자신들만이 최고라 생각하고 옛날에 묶여 아무것도 하지 못하는 버러지들이지. 그래서 다른 사람들이 하는 쓴소리를 절대 듣지 않으려고 해."

무성은 내뱉을 수 있는 최고의 악담을 퍼부었다.

"감히!"

"감히라고 하지 마라! 제아무리 유구한 역사를 자랑한다고 해도 그대들 역시 사람! 하늘 아래 모든 사람들이 평등할진대, 어찌 감히라고 외치는가!"

"……!"

무성의 일갈에 홍학이 뻣뻣하게 굳었다.

"당신들의 그 오만함이 오늘의 일을 초래했다고는 생각지 않는가! 그때에도! 오늘에도!"

홍학은 아무 말도 하지 않았다.

하지만 아랫입술을 질끈 깨물며 무성을 노려보는 눈길은 절대 사그라지지 않았다.

"사과를 듣고자 했다. 당신들로 인해 평화가 깨져 버린 여인의 일을! 그것이 그리도 잘못된 것이냐? 너희들이 패악을 부리는 것은 허락되는 것이고, 우리가 그러는 것은 용납지 못할 일인가? 말해 보라!"

"저자는 본사의 계율을 어겼다!"

홍학은 손가락으로 남소유를 가리켰다.

남소유는 그런 그를 증오어린 눈으로 바라보았다.

무성도 이곳에 오기 전에 들은 바가 있었다.

홍학이 바로 그녀의 사부를 죽음으로 몰아넣은 작자라는 사실을.

노호가 터진다.

"천 년을 이어온 전통이다! 그동안 단 한 번도 깨지지 않고 이어져 오던 관습이다! 한데도 저 여인과 못난 아비는 보라는 듯이 그 모든 것들을 깨 버렸다! 선조와 열사들께서 이룩하신 모……!"

"잠깐!"

무성은 홍학의 말허리를 잘랐다.

홍학은 감히 자신의 말을 막은 무성을 더욱 노기 어린 눈빛으로 노려보았다.

하지만 무성의 생각은 전혀 딴 곳에 있었다.

"다시 말해 봐. 뭐라고?"

"왜? 몇 번인들 말해 주지 못할 것 같으냐? 저 계집아이와 못난 아비 때문에 이런 일이 벌어졌다고 했다. 그 때문에 본사가 얼마나 위험에 처했는지 아느냐!"

"아비라고?"

무성은 잠시 머리가 어지러워졌다.

남소유는 분명 사부라고 하지 않았던가.

고개를 돌려 남소유를 보는 순간, 그녀는 슬픈 어조로 중얼거렸다.

"그랬구나. 그랬던 거였어."

이따금 남소유는 생각했다.

'왜 사부님은 나 같은 걸 거두셨을까?'

그녀가 사부님을 만난 것은 아주 어렸을 때의 일. 갓 일곱 살이 되었을 때였다.

어머니가 돌아가시고 얼마 되지 않았었다.

이미 온기가 싹 가신 어머니를, 잠깐만 자겠다며 눈을 감고 사흘 넘게 일어나지 않던 어머니를, 더 이상 일어나지 않을 어머니와 함께 보내던 중 사부님이 찾아왔다.

"네가 바로 소유구나."

빛바랜 가사. 반들반들한 머리. 한 손에는 호리병을 하나든 사부님은 그저 떠돌이 중으로밖에 안 보였다.

"나를 따라가지 않겠느냐?"

동네 사람들이 억지로 떨어뜨리려 해도 어머니 곁을 떠나기지 않던 그녀였건만, 무슨 바람이 불었는지 알겠노라고 바로 대답했다.

그냥 그런 느낌이 들었다.

이 사람을 따라가면 절대 외롭지 않겠구나.

그래서 고사리 같은 손으로 사부의 옷단을 붙잡고 길에 올랐다. 숭산에 도착했다.

두 사제지간 외에 아무도 찾지 않는 암자에서 둘은 몇 년을 같이 지냈다.

아주 평화롭게.

그런 일이 닥치기 전까지는.

"그랬었어. 사부님을 따라나섰던 이유가."

그녀가 난생처음 보는 떠돌이 중을 덥석 따라가겠다고 나선 이유.

이따금 사부님이 자신을 슬픔 가득한 눈길로 가만히 바라보기만 하던 이유.

계율을 깨뜨리면서까지 여아를 제자로 삼은 이유.

혈육. 피붙이였던 것이다.

"몰랐었나? 네 사부가 이야기를 하지 않았던 것이냐?"

홍학이 소리 내어 웃었다.

"웃기는구나. 그리도 숨기고 싶었었나? 하긴 녀석의 성격이라면 그럴 법도 하지. 하면 이런 말도 하지 않았겠구나?"

남소유는 눈을 가느다랗게 좁혔다.

저 작자가 대체 무슨 말을 하려는 거지?

"내가 바로 네 사부와 형제지간이라는 사실을?"

"……!"

일순, 남소유의 몸이 쭈뻣 굳어졌다.

그녀를 대신해 무성이 분노 어린 얼굴로 일갈했다.

"설마, 당신?"

"맞다! 내가 친동생을 해하였다! 피를 나눈 형제를! 조카를 이 손으로 베려 했다!"

"……!"

"……!"

"배은망덕하게도 사문을 버린 동생을 이 손으로 폐맥 했다! 잘못되었다고 생각하느냐? 그래. 너희들의 눈에는 그리 보일 수도 있을 것이다. 하지만 먼저 계율을 어긴 것은 그놈이었다! 부모 없이 세상을 떠돌아다니는 고아였던 우리들에게 온정을 나눠 준 사문을 배반한 건 그놈이었단 말이다!"

홍학의 외침이, 분노로 가득했던 노호에 슬픔이 섞인다. 구슬프게 울려 퍼진다.

"해서 징벌을 내렸다. 왜? 그것이 잘못되었느냐? 불가에 귀의한 몸으로 사사로이 외간 여자와 통정하여 아이를 낳았을 뿐만 아니라, 그 아이를 데려와 제자로까지 삼았다. 이를 가만히 묵고하라는 것이냐?"

눈물이, 쏟아진다.

"무신련 이후로 쇠락의 길을 걷던 사문이었다! 한데 저 아이 때문에 본사는 스러질 뻔하였어! 그래서 그때 이를 악물었다. 그래야만 겨우나마 지탱할 수 있기에! 그것이 잘못되었느냐? 내 손으로 형제에게 벌을 가한 것이, 다른 사형제들을 위해 그런 결정을 내린 것이 뭐가 그리도 잘못되었다는 것이냐?"

홍학은 울음을 터뜨렸다.

그제야 남소유는 깨달았다.

"그랬군요."

남소유는 미소를 지었다.

더 이상 분노가 섞인 것이 아닌, 짙은 미소를.

"당신도 사람이었어요."

그리도 악귀 같은 사람이었건만.

실상은 여린 마음을 품은 사람이었구나.

홍학은 겉으로 보이는 것과 달리 늘 죄책감에 시달리고 있었던 것이다.

그래서 더 악착같이 이 일에 매달렸으리라.

남소유는 천천히 홍학에게로 다가가 몸을 낮췄다.

"무성."

무성은 그녀의 의도를 깨닫고 말없이 영검을 거뒀다.

그러자 홍학이 축 늘어진 채로 바닥에 주저앉았다.

남소유는 그런 그의 손을 꼭 붙잡았다.

"대체 뭘 하려는……!"

"백부님."

"……!"

잔뜩 일그러졌던 홍학의 표정이 굳었다.

"백부님께 소녀, 남소유가 인사드려요."

남소유는 공손하게 고개를 숙였다.

홍학의 눈동자가 크게 떨렸다.

"이것이……!"

"백부님이 가진 상처, 아픔, 이제 알겠어요. 소림사가 안아야만 했던 불운까지도. 결국 서로가 서로에게 상처가 되었던 거군요."

서로가 가진 입장 차이란 것이다.

물론 여전히 소림사는 굳어 있다. 자신들의 잘못을 모르며 무신련과 남소유에게 책임을 전가한다.

하지만,

"이제 돌아가요, 무성. 전부 끝났어요."

"이것으로 되겠습니까?"

"예. 사실을 알았으니 그것으로 충분해요."

남소유는 가만히 무성을 응시했다.

무성은 여전히 방장으로부터 사과를 받지 못했다고 말하

고 싶은 눈치였지만, 그녀의 단단한 눈매를 보고 포기했다.

어차피 처음에 원하던 무명 역시 소림사를 이렇게 들쑤셨을 때부터 얻게 되었으니. 그리 원하지 않은 방향이었지만, 목격자가 많으니 퍼지지 않을 수가 없었다.

"예. 알겠습니다. 간독, 돌아가자."

"뭐? 이제야 좀 재미있어지려는데? 이렇게 찜찜하게 끝내기 있어?"

간독은 투덜거렸지만 별다른 말을 덧붙이지 않고 두 사람의 뒤를 따랐다.

"어딜 가려하는 것이냐! 본사를 이런 꼴로 만들어 놓고!"

홍학이 뒤늦게 고래고래 소리를 질러 댔다.

놈들을 잡으라며, 어서 차단해야 하는 악귀가 저리 간다며 발악했다.

하지만 어느 누구도 세 사람을 잡지 못했다.

이미 소림사를 휘저으며 보인 신위도 신위이거니와, 홍학과 남소유의 대화에서 상기한 이전의 사건이 그들의 마음을 무겁게 누른 탓이었다.

그들도 사람일진대, 어찌 그때의 일에 죄책감을 가지지 않을 수 있을까.

그래도 여전히 홍학이 소리를 질러 대는 통에 어찌해야 할

지 몰라 힘들어하는 순간,

"그만하십시오, 사부님."

어느덧 정신을 차린 법승이 홍학을 달랬다.

"이만하시면 되었습니다."

"악귀들이 저리로 간단 말이다……!"

"예. 알고 있습니다."

"본사를 망친 수라들이! 원흉들이 저곳에……!"

"그들은 이제 떠났습니다."

"하지만, 하지만!"

"이만 쉬십시오, 사부님. 너무 멀리 달려오셨습니다."

"아직도 본사는 이리도 약한데……."

"본사가 약한 것이 아닙니다. 이번 일로 깨달았습니다. 본사가 가진 저력은 뛰어납니다. 보지 않으셨습니까? 한마음 한뜻이 되어 외적들을 막으려던 모습들을."

"아아!"

"본사의 문제점은 너무 갇혀 있었다는 겁니다. 옛날에 대한 강박관념으로. 하지만 이제는 미래를 봐야 하지 않겠습니까? 천 년을 내려왔듯이, 다시 천 년을 이어가야지요."

법승은 눈물을 흘리는 홍학을 몇 번이고 다독였다.

한평생 사문을 위해 살아온 사부.

그래서 형제와 조카까지 베어야 했던 사부.

과연 이 가련한 분이 마음의 안식을 얻을 때가 올까?

"이만 정리 하십시다."

"그러지."

법승은 법자배의 대사형이다. 차기 장문인이 될 몸이기에 그가 대표로 나서서 상황을 정리했다. 부상자들이며 무너진 전각까지. 처리해야 할 것이 너무나 많았다.

홍정이 쓰게 웃으며 나서자 많은 이들이 따랐다. 그 역시 과거 남소유를 각별히 아꼈던 자. 아마 여기 있는 이들 중에서 가장 생각이 많을 것이다.

'고맙다……고 해야 할까?'

법승은 떠난 무성 등이 한편으로 고맙기도 했다.

그들 덕분에 소림이 가진 힘을 일부나마 엿볼 수 있었으니.

더군다나 아무도 깨닫지 못했지만, 무성 등은 그런 소란 속에서도 아무런 희생자도 내지 않았다. 다치는 정도의 크고 작은 차이만 있을 뿐 사망자는 없었다.

이건 남소유의 배려일까?

아니면 무성이 그들에게 전달하고자 했던 전언?

'하지만 그건 그것. 이건 이것. 언제고 본사가 받은 한을 되갚을 것이오.'

법승은 가슴속에 불길을 담고 있었지만 언제나 그 불길을 조용히 삭이며 살아야 했다. 하지만 이제는 다시 거칠게 피워야 할 때라는 것을 깨달았다.

※　　　　※　　　　※

의도와 달리 무성 일행은 산문을 벗어나지 못했다.

웬 노승 두 명이 가만히 길 한가운데에 서서 인자한 미소를 띠며 염주를 굴리고 있었다.

그중 한 명은 무성도 안면식이 있었다. 직접 손속을 부딪쳤던 십계십승의 수장, 홍정이었다. 손을 크게 다쳤는지 양손을 붕대로 감고 있었다.

홍정은 도끼눈으로 무성을 한껏 노려보다가 남소유를 볼 때는 씁쓸함을 담았다.

"인사도 없이 가려 하느냐?"

"괜히 오래 있어도 좋지 않을 것이라 생각했어요."

"그래도 온 김에 인사는 하고 가야 하지 않겠느냐?"

홍정이 옆으로 슬쩍 자리를 물렸다.

뒤에 있는 노승은 홍정과 반대로 체구가 왜소했다. 하지만 담담한 눈빛이 매우 깊고 그윽하다.

"아미타불. 무엇이 급하다고 그리도 서둘러 가시는 겐가?"

경건한 기운이 물씬 풍기는 승려.

바로 그때였다.

두——웅!

갑자기 범종을 세게 울린 듯 천지가 들썩였다.

세상이 느려졌다.

노승의 모습이 확 하고 아주 크게 다가왔다.

"……!"

단전이 떨린다. 두정에서 무언가가 열리는가 싶더니 뜻하지 않았는데도 불구하고 신속이 전개되었다.

노승의 미간 사이로 세로로 까만 줄이 그어지더니 좌우로 벌어지며 새로운 눈이 생겼다.

영통안(靈通眼).

선각자의 반열에 오른 고승들만이 얻을 수 있다는 심안(心眼)이었다.

『시주께서는 참으로 재미난 것을 몸에 담으셨구만.』

전음이 아니라 상대의 말뜻이 머릿속을 울린다.

혜광심어(慧光心語)다. 역시나 불가에서 적멸에 다다른 자들만이 보인다는 경지.

'이 사람……!'

영통안에 이어 혜광심어라니.

상대는 신승(神僧)이었다.

어쩌면 달마와 혜조 이래 최고일지도 모를, 신승.

『뭐랄까? 용이랄까? 아니, 용이 되기 위해 준비하는 어떤 것을 담고 있어. 보다 근원적이 것이 날아오르기 위해 꿈틀대고 있으이.』

영통안에 노출되는 동안 몸이 샅샅이 분해되는 기분이었다. 노승은 무성의 몸속에 내재된 무언가를 보고 있었다.

혼명. 영목. 염력.

영통안이 초능(超能)의 일종이니, 초능의 영역에 다다른 혼명을 읽은 모양이었다.

『한때 마음이 복수라는 미망에 사로잡혀 길을 잃고 방황을 하였으나, 끝내 자신만의 빛을 찾아 올바른 길을 찾아갔구나. 참으로 험난한 여정이었을 텐데. 대단하이. 정말 대단해.』

말이 계속 이어진다.

『시주 같은 사람이 저 아이의 곁에 있어 참으로 다행이구만. 이 역시 달마의 보살핌이겠지. 나무아미타불.』

그 말을 끝으로 신속이 멈췄다.

언제 그랬냐는 듯이 노승의 미간에 맺혀 있던 영통안은 사라지고 없었다.

무성이 홀린 듯이 가만히 있자, 남소유가 걱정 어린 마음에 소리쳤다.

"무성? 무성!"

"예?"

"왜 그러세요? 갑자기?"

"아, 아닙니다."

무성은 고개를 가로저었다.

'기인이구나. 이분은.'

무성은 곧 노승을 향해 포권을 취했다.

"소림의 방장 대사를 이제야 뵙게 되는군요."

영통안과 혜광심어를 자유자재로 부리는 사람이 세상에 또 누가 있겠는가.

소란을 피워도 얼굴 한 번 비추지 않더니.

다른 사람들은 하나같이 놀란 얼굴이었다. 홍정은 방장을 소개하려던 차였기에 멋쩍은 모습을, 남소유는 두 눈이 휘둥그레졌다. 간독은 재미나다는 표정이었다.

'아마도 멀리서 우리를 다 지켜봤을 터.'

무성의 담담한 눈빛을 마주하며 방장, 홍선 대사가 살짝 미소를 지었다.

"바쁘시지 않다면 차라도 한 잔 하고 가지 않겠나?"

홍선 대사는 길을 돌아 일행을 용정으로 안내했다.

팔대호원 등으로 둘러싸여 있는 용정에 발길을 들이는 순간 무성은 속으로 혀를 찼다.

'강제로 뚫으려 했으면 곤욕을 치를 뻔했어.'

과연 천 년 사찰이다.

소림의 중심은 절대 호락호락하지 않았다. 묵혈관법으로 관찰해 보니 용정을 둘러싼 진법은 절대 얕은 수준이 아니었다. 어떤 면에서는 무신궁과도 견줄 만했다.

마치 숭산의 거대한 기운이 신장으로 화해서 용정을 지키는 듯하다고 해야 할까.

이런 곳을 공략할 방법은 딱 하나.

내부에서의 붕괴밖엔 없다.

하지만 그럴 일은 없을 테니 무성은 생각을 접었다.

또르륵!

홍정이 직접 끓인 차가 잔을 가득 채운다.

간독은 가시방석이었는지 내내 인상을 찌푸리며 엉덩이를 들썩였고, 남소유는 무표정했다.

무성은 무심하게 홍선을 바라보았다.

도무지 심기를 읽을 수가 없었다.

"저……."

"그리 서두르지 말게. 살날도 이 늙은 땡중보다 몇 배는 남았으면서 뭘 그리 급하시나?"

"제가 뭘 물으려 했는지 아시겠습니까?"

"그야 왜 그런 소동이 있었는데도 코빼기 한 번 내비치지 않았냐는 것이겠지."

일순, 무성은 자신이 가진 모든 것이 낱낱이 파헤쳐지는 이상한 기분이 들었다.

"들게. 향이 좋아."

홍선 대사는 세 사람에게 나란히 찻잔을 내밀었다.

무성은 가만히 찻잔을 내려다보았다. 모락모락 피어오르는 김이 코끝을 감미롭게 희롱한다.

"우선 말부터 꺼내자면."

홍선 대사는 남소유를 보더니 고개를 숙였다.

"미안하네. 지난 모든 일 전부."

"⋯⋯!"

"⋯⋯!"

"⋯⋯!"

무성 등은 허리를 쭈뼛 세웠다.

이리 쉽게 사과를 받을 줄이야.

홍정은 옆에서 무슨 말을 하고 싶어 하는 눈치였지만, 홍선 대사는 신경 쓰지 않고 말했다.

"이제 와서 이런 말을 한들 법유, 네가 받은 상처를 얼마나 보듬을 수 있겠냐만은. 그래도 그 말을 하고 싶었단다. 언젠가는. 하지만 그 말을 하기도 전에 너는 참회동에서 떠나고 없더구나."

홍선 대사는 찻잔을 잡았다.

"전부 나의 책임이다. 아무런 힘이 없는 나의 책임."

"그것이면…… 충분해요."

"고맙구나. 이해해 줘서. 홍학이 밉겠지만 그 아이는 그 아이 나름대로 죄책감이 있단다. 그건 우리도 전부 마찬가지야. 다만, 그런 현실을 인정하기 싫어 여태 외면하고 있었던 게지. 악순환의 반복이었던 게야."

"……."

"해서 나는 자극을 주고 싶었다. 그 일 이후로 자꾸만 마음을 닫아 가는 불제자들의 문을 열고 싶었어. 어떤 고난과 시련이 닥쳐도 우리들의 힘만으로 풀어 나갈 수 있다는 걸 알게 해 주고 싶었다."

무성은 그제야 방장의 생각을 알 수 있었다.

무신련에 억눌려 있던 모든 부조리를 이 기회에 모두 쓸어버리려 했던 것이다.

혈나한이라는, 과거의 죄를 직접 대면하게 함으로써.

'크구나.'

무성은 어쩌면 이런 것이 진짜 천 년 전통의 저력이 아닐까 하는 생각이 들었다.

홍선 대사가 무언가를 남소유에게 내밀었다.

"받게."

"이게 뭔가요?"

"사리(舍利)일세. 자네 스승, 아니, 아비의."

"……!"

남소유의 눈이 커진다.

함을 잡는 손길이 부들부들 떨린다.

딸칵!

뚜껑을 여니 진주처럼 백색으로 빛나는 구슬이 들어 있었다.

"그것을 돌려주고 싶었다네. 그래서 자네를 부른 것이야. 사과도 겸해서. 어떤가? 이 땡중의 사과를 받아 주겠나?"

남소유는 뚜껑을 닫으며 무겁게 고개를 끄덕였다.

짧은 대면이 끝난 후, 일행은 용정을 벗어났다.

홍선 대사는 몸이 좋질 않아 전송하지 못하고, 대신에 홍정이 산문까지 마중 나왔다.

"방장 사백님을 불러 주신 분이 사숙님이시지요?"

"그렇단다."

홍정은 조카 같았던 남소유의 머리를 쓰다듬었다.

"많이 컸구나."

"사숙님은…… 주름이 많이 느셨네요."

"하하하! 못난 제자 놈들이 자꾸 속을 썩이니 이리되었다."

두 사람은 몇 마디 대화를 나누지 않았다.

그래도 충분했다.

비록 처음에는 오해로 충돌을 빚었지만, 이제는 서로를 이해한다.

홍정은 무성과 간독에게 반장을 했다.

더 이상 그에게서는 적개심을 읽을 수 없었다.

"앞으로도 이 아이를 잘 부탁합니다."

"아니오."

"거 정말 미안하다면 물질적인 걸로 보상해야 하는 거 아니오? 소림이나 되면서 싸구려 차 한 잔 주고 입 싹 닦을 셈인가?"

"간독!"

간독이 노골적으로 이죽거리자 남소유가 소스라치게 놀라 소리쳤다. 하지만 유들거리는 간독의 태도는 전혀 없어지지 않았다.

남소유가 발을 동동 굴리며 홍정의 눈치를 봤다.

하지만 홍정은 전혀 개의치 않았다.

"허허. 그냥 넘어가겠소? 이건 방장 사백께서 두 분께 드리는 선물이오. 소유, 네 것도 있단다."

홍정은 품에서 함 세 개를 꺼내 모두에게 나눠 줬다.

"흐흐! 말만 이렇게 했지 사실 기대도 안 했는데. 어디 한

번 열어 볼까?"

간독이 음침하게 웃으며 손을 비비적거렸다.

뚜껑을 열자 상쾌한 향이 코를 찔렀다.

"오오! 이것은? 설마?"

내용을 살핀 무성과 남소유도 크게 놀랐다.

손가락 굵기만 한 단환이 들어 있었다.

그것도 청아한 향을 잔뜩 품은.

"대환단(大還丹)이라오."

세 사람이 전부 크게 놀랐다.

대환단이라니!

소환단과 함께 소림사가 십 년 이상 공을 들여야만 만들
어 낼 수 있다는 전설의 비보가 아닌가!

"이걸 받을 순 없어요."

남소유는 대환단의 가치를 너무나 잘 안다.

아마 이 대환단 세 개는 현재 소림사가 갖고 있는 양의 전
부일 것이다. 추후 미래의 도약을 위해 마련한 것일 텐데 이
리 내주다니.

"방장 사형의 뜻이다."

"하지만 외인에게 이런 걸 내주는 것은……."

"네가 어디 외인이더냐?"

"예?"

남소유의 눈이 크게 떠졌다.

"과거에도 현재에도 너는 파적이 된 바가 없느니라. 법유라는 이름은 여전히 적에 올라가 있으니 나중에라도 언제든지 돌아오려무나. 너는 본사의 사람이다. 그리고 네 사람은 곧 우리 소림의 사람이기도 하지."

남소유는 가슴이 먹먹한 나머지 아무런 말도 못했다.

무성이 말했다.

"계속 거절하는 것도 예의는 아닙니다. 넣어 두시지요, 남소저."

사실 무성은 소림사가 대환단을 나눠 준 이유를 어느 정도 눈치챘다.

'아마 우리와의 끈을 계속 잇고 싶은 것이겠지.'

어찌 되었건 간에 귀병가는 단 세 명이서 소림사를 격파했다. 특히 사대금강을 비롯한 십계십승이 단 한 사람에게 제압당했다는 사실은 소문이 안 퍼질 수가 없다.

그래서 대외적인 포장을 해 두려는 것이다.

단순한 비무였노라고.

더불어 남소유의 신분을 확인시켜 때에 따라서는 귀병가와의 관계를 돈독히 하려는 속셈이다.

무성 역시 독천을 마음먹은 이상, 소림과 이런 끈이 있는 것이 나쁘지 않기에 굳이 제지하지 않았다.

한편으로는 홍선 대사가 절대 호락호락하지 않다는 것을 다시 한 번 깨달았다. 제자리에 가만히 앉아 소림을 단합시키고 새로운 기력을 불어 넣었으니.

"그래그래. 그리고 난 돌려줄 마음도 없다고? 한 번 줬다가 뺏어가기가 어디 있어?"

간독까지 나서자 결국 남소유는 받을 수밖에 없었다.

"고맙습니다. 소중하게 잘 간직할 게요."

"그래. 그래서 본사의 영명을 넓게 떨쳐다오."

홍정은 기분 좋게 웃음을 터뜨렸다.

그러다 걸음을 멈췄다.

"하면 본인은 여기까지. 내려가는 길, 모두 몸조심하시기를."

第八章

북궁검가

　무성 등은 천천히 돌계단을 내려갔다.

　"이것으로 되었습니까?"

　무성이 조심스레 묻는다.

　남소유는 크게 고개를 끄덕였다.

　"걱정하지 않으셔도 돼요. 이걸로 충분해요."

　무성은 남소유의 모습에서 씁쓸함과 슬픔, 그리고 어딘지 모를 후련함을 보았다.

　용서.

　복수보다도 더 어렵다는 마음속 자비였다.

　"달라지셨군요."

"그렇게 보이나요?"

"예."

무성은 미소를 지어 보였다.

그 역시 지난날의 구원(舊怨)에서 벗어났기에 아주 잘 안다.

어찌 보면 구원이란 껍질이다.

빛을 가리고, 가능성을 묶고, 당장 앞밖에 보지 못하게 만드는 단단한 껍질.

하지만 그 껍질을 벗고 나면 전혀 새로운 세계가 나타난다.

껍질이 가리던 빛이 보이고, 마음이 홀가분해 가능성이 열리면서 모든 걸 할 수 있을 것 같은 자신감이 들고, 보다 먼 것들을 보고 만지고 느낄 수 있다.

남소유가 그럴 것이다.

탈각.

진정한 의미에서 변화를 맞이한 것이다.

간독은 옆에서 연신 희희낙락했다. 홍정이 준 함을 갓난아기처럼 꼭 끌어안으며 히죽거렸다.

"이것만 있으면 나도 날 수 있다, 이거야! 어이, 무성! 이따 도와주는 것 잊지 말라고?"

"걱정 마라. 약효를 골수까지 뽑아줄 테니까."

"흐흐흐흐!"

대환단과 같은 영약은 제대로 섭취하지 않으면 건강에만 도움이 될 뿐이지 대부분 밖으로 나가 버린다. 그걸 막기 위해서라도 내가고수의 도움이 필요했다.

'다 잘 되었구나.'

무성은 소림행이 기분 좋게 풀렸다는 사실에 살짝 미소를 지었다.

그러다 갑자기 걸음이 멈췄다.

'이건?'

무성은 심상치 않은 느낌에 뒤를 돌아보았다.

남소유와 간독도 무슨 일이냐며 반문하려는 찰나,

퍼퍼펑!

갑자기 산마루 쪽에서 거친 폭발음이 들렸다.

산봉우리가 통째로 날아가는 듯한 화탄 소리.

무성 등의 시선이 일제히 소림사로 향했다.

산문 위로 붉은 불빛과 함께 까만 매연이 꾸역꾸역 올라와 하늘을 빼곡하게 물들이고 있었다.

팟!

갑자기 누군가가 말없이 다급히 앞으로 튀어나갔다.

"남 소저!"

남소유는 무성의 부름에도 답하지 않고 발을 바삐 놀렸

다. 쭉쭉 몸이 늘어날 때마다 그녀는 점차 점이 되어 사라졌다.

그녀를 놓칠세라 무성과 간독이 뒤따랐다.

"아이고! 하여간 조용해질 날이 없어요!"

간독은 함을 가슴 안쪽으로 밀어 넣으면서 땅을 박찼다.

＊　　　＊　　　＊

무성 일행이 산문을 내려가는 동안, 쑥대밭이 되었던 내원은 수습이 한창이었다.

부상자들을 약사전으로 나른다. 부서진 전각의 잔해를 옆으로 치우는 등 할 일이 많았다. 한편으로는 횡액에 대해서 크게 소문이 나지 않도록 입소문도 단단히 했다.

바로 그때,

"흐음! 이거 아무래도 원하던 것과는 그림이 조금 달라진 듯한데."

갑자기 경내로 짙은 피 냄새가 확 풍겼다.

뚜벅뚜벅, 이쪽으로 날카로운 인상을 가진 노인이 천천히 걸어왔다.

사위를 짓누르는 중압감이 느껴진다.

"당신은……!"

법승은 상대를 알아차렸다.

며칠 전에 용정과 팔대호원을 조용히 찾았던 손님. 북궁검가의 가주다.

그가 싸늘하게 조소했다.

"역시나 예나 지금이나 모욕을 받고도 억지로 감내하는 모습이 처량하기 짝이 없구나, 천 년의 소림이여. 이젠 무림 문파로서의 마지막 남은 자존심마저 짓밟혔으니 이리 아등바등 살아남아서 뭣하겠는가?"

북궁대연의 시퍼런 일갈에 승려들이 분기탱천했다.

"닥쳐라! 이 요망한 것!"

여태 법승을 부축했던 법요가 그에게로 달려들었다. 사형제와 어른들이 다치는 동안 가만히 지켜보기만 해 쌓였던 울분이 마침내 폭발하고 만 것이다.

"안 된다, 사제!"

법승이 뒤늦게 소리를 질렀다.

하지만 그보다 먼저 북궁대연이 움직였다.

"어리석은 것."

검대가 옆으로 돌아가더니 검이 뽑힌다. 빛살처럼 쏘아진 검이 단숨에 법요를 갈랐다.

촤―악!

법요는 뛰어오른 그대로 정수리부터 사타구니까지 혈선

이 그어지더니 양분된 채로 쓰러졌다.

"안 돼!"

"네 이놈!"

너무나 참혹한 광경에 승려들이 전부 북궁대연에게로 달려든다.

홍율과 홍민, 사대금강 중 두 사람이다.

하지만 북궁대연은 냉소를 흘리더니 검을 수평으로 누워 재빠르게 몸을 돌렸다.

반월 모양의 검강이 원반을 만들었다.

촤―악!

두 개의 목이 허공으로 튀어 올랐다.

본래 이리 허망하게 다칠 사람들이 아니지만, 방금 전 무성과의 다툼으로 내상을 크게 입은 탓에 벌어진 결과였다.

소림사 승려들이 모두 비명을 지른다.

"나는 북궁검가의 가주. 난 귀병들처럼 인정이 넘치지 못해. 덤비는 놈들은 베어야 적성이 풀리지. 그러니."

말이 끝나기 무섭게 북궁대연이 손가락을 튕겼다.

딱!

"이만 저물거라, 소림이여."

콰콰쾅!

거친 폭발과 함께 곳곳에서 화마와 매연이 치솟는다.

특히 가장 큰 불길이 떠오르는 곳은 따로 있었으니.

쿠르르르!

몇 번이고 점멸을 반복하다 이내 주변에 있던 팔대호원과 장생전, 그리고 동위의 삼존불과 북제의 조상이 있는 본전까지 화마에 휩싸였다.

그리고 그 중심엔,

"바, 방장 사형!"

방장이 머무는 용정이 있었다.

홍학을 비롯한 모든 승려들이 비명을 토했다.

"하하하하!"

속내를 알 수 없는 북궁대연의 웃음만이 불길이 만들어 내는 붉은 그림자에 묻혀 기괴함을 더했다.

홍학이 소리쳤다.

"법승! 너는 방장 사형을 구해라!"

"하지만……!"

"내 명이 들리지 않는 것이냐!"

홍학의 얼굴이 흉신악살처럼 일그러졌다.

방금 전까지 넋두리를 놓던 이가 맞나 싶을 정도로 흉흉한 기세다. 다친 오른팔은 어느새 왼손으로 지혈을 해 전면을 노려본다.

법승은 발을 동동 굴렸다.

중상을 입은 사부님과 사대금강 중 둘을 단칼에 베어 버린 북궁가주.

두 사람의 승부가 어찌 될지 불에 보듯 뻔하다.

사부님을 도와 북궁가주를 쫓아내야 할 테지만, 차마 그럴 수가 없다.

한평생을 위해 소림을 위해 살아온 사부. 그의 마음을 누구보다 잘 알기에.

"들리지 않느냐? 어서!"

결국 법승은 이를 악물었다.

"제가 돌아올 때까지 버티셔야 합니다! 법자배 제자들은 모두 나를 따르라!"

나한을 비롯한 무승들은 저마다 눈치를 보았지만 이윽고 법승의 재촉을 이기지 못하고 뒤따랐다.

북궁대연은 그들을 막을 생각을 하지 않았다.

도리어 그러기를 바라듯이 관망할 뿐이었다.

"두 사람이면 날 상대할 수 있을 줄 알았나?"

북궁대연은 자신의 앞을 가로막은 홍학과 홍개를 바라보았다.

"감히 본사를 어지럽히고도 무사할 성싶으냐?"

"방금 전에도 그렇게 입을 놀리다가 한낱 아이에게 그

런 꼴이 되지 않았던가?"

"닥쳐라!"

북궁대연은 자신만만하게 검을 겨누었다.

"나를 상대하면 무언가 달라질 줄 알았나 보지?"

북궁대연이 땅을 박찼다.

"천 년 동안 무신 외에는 아무도 잡지 못했다는 사대금강을 모두 베는 영광을 한번 맛보도록 하지."

파바박!

날카로운 칼바람이 불었다.

콰콰쾅!

홍학은 있는 힘껏 백보신권을 풀어내면서 북궁대연의 검을 맞서 갔다.

하지만 몸이 쉽사리 따라주질 않았다.

더군다나 북궁대연의 검술 실력도 너무 매서웠다.

'이대로! 이대로 쓰러져서는 안 된다! 법승이 방장 사형을 구할 때까지는 버텨야 해!'

그는 방금 전까지만 해도 홍선 대사에게 불만을 품고 있었지만, 그것은 어디까지나 소림에 대한 애정 때문이었지 해악을 끼칠 생각은 전혀 없었다.

홍학도 아는 것이다.

홍선 대사가 얼마나 주야를 가리지 않고 소림을 위해 고생을 하는지. 소림을 위해서라도 그가 다치는 일은 절대 있어선 안 되었다.

그런 생각은 이번 일을 겪으면서 더 확실히 깨달았다.

"아우를 위해서라도……!"

여태 아우를 원망했다.

딸을 위해 제 인생을 말아먹은 놈이라며.

하지만 그것이 아니었다.

녀석은 소림과 딸, 둘 모두를 사랑했던 것이다.

어디 하나 놓을 수 없기에. 그래서 그런 길을 택했다.

아우를 위해서라도 그가 사랑했던 딸과 소림사, 둘 모두를 살려야만 했다.

그러나,

퍽! 울컥!

"어, 어째서?"

홍학 대사는 피를 잔뜩 쏟았다. 믿기지 않는다는 표정으로 왼쪽 가슴을 비집고 튀어나온 손날을 보다, 천천히 손날의 주인인 홍개를 보았다.

같은 사대금강이자 그동안 뜻을 같이 해 왔던 이를.

"미안하네. 죄는 나중에 가서 달게 받겠네."

홍개는 진심으로 미안해하고 있었다.

홍학은 뒤늦게 깨달았다.

이 모든 일의 원인이 누구였는지를.

"누굴…… 탓하랴. 나의 어리석음이 낳은……!"

홍학의 고개가 모로 꺾였다.

쐐애액!

그 뒤를 이어 북궁대연의 검이 목을 쳐 버렸다.

*　　*　　*

소림사 승려들은 다급히 움직이기 시작했다.

"시주들과 동자승들은 어찌 되었느냐?"

"혈나한 등이 방문했을 때부터 속가 제자들의 도움을 받아 참회동 쪽으로 피신시켰습니다!"

참회동은 계율을 어긴 승려들을 참회시킬 목적으로 만든 동굴.

하지만 때에 따라서는 혹시 있을지 모를 적의 공격이나 천재지변으로부터 어린 제자들을 보호할 방공호 역할도 겸한다.

법승은 안도에 찬 한숨을 내쉬며 소리쳤다.

"하면 우리는 방장 사백을 구하는데 총력을 기울인다! 서둘러라!"

하지만 용정에서부터 시작된 화마는 단숨에 전각과 전각에 옮겨붙어 걷잡을 수 없이 커졌다.

쿠르르!

대웅보전이 불길에 휩싸였다가 잿더미가 된다. 기둥이 힘을 잃고 꺾이자 서까래가 한쪽으로 우르르 무너졌다. 기왓장이 우박처럼 떨어지고 현판이 대롱대롱 매달렸다.

치솟는 불길은 길목을 차단하고, 매캐한 연기는 호흡기를 따갑게 만든다. 여기저기에서 튀어 오른 불똥은 점멸을 반복한다.

그 아래로 놓인 잔해들은 대부분 높이가 너무 높았다. 가장 낮은 것도 무릎까지 올라와 접근이 어려웠다.

"제길!"

법승은 불제자답지 않게 욕지거리를 내뱉다가 결국 풍성한 소매로 입을 막아 접근을 시도했다.

"대사형! 위험합니다!"

법우가 소스라치게 놀랐다.

자칫 위험을 부를 수 있는 행동이다. 하지만 이 방법밖엔 없다는 사실을 깨닫자 어쩔 수 없이 저마다 소매로 기관지를 막아야 했다.

"대사형만 보낼 순 없다! 몇은 여기 남고 나한들만 따르도록 한다!"

현재 운신이 가능한 나한의 숫자는 모두 다섯.

모두 간독이 상대했던 이들이다.

손을 다치기는 했으나, 그들은 다른 나한들에 비해 비교적 상태가 양호했다. 나머지는 남소유에 의해 단전이 폐쇄되거나, 무성의 내가중수법에 의해 내상을 입은 탓이었다.

하지만 법승을 따라 들어가는 내내 나한들은 매연이 만들어 내는 환경에 힘들어 했다.

열기는 어떻게든 견딜 수 있다. 그들 모두 철사장을 연마하느라 뜨거운 모래에다 손바닥을 찌르는 연습을 해 보았으니.

그렇지만 연기는 다르다.

숨 쉬기가 너무 곤혹스럽다. 눈이 따가워 눈물이 난다.

그러나 가장 골치가 아픈 점은 시야가 확보되지 않는다는 점이었다.

돌아보면 보이는 것이라고는 까만 연기와 붉은 화마, 점멸을 반복하는 불똥 뿐.

그마저도 바닥에 잔해가 많이 깔려 운신이 어렵다.

방향 감각도 제대로 서질 않는다. 위치가 헷갈린다.

팔대호원은 지났는지, 용정까지는 얼마나 남았는지, 혹시 용정을 지난 건 아닌지 하는 노파심까지 들었다. 이곳이 정말 소림사가 맞는가 하는 생각도 들었다.

화재 사건이 일어나면 대부분 화상으로 죽는 것이 아니라 질식사를 한다더니 딱 그런 꼴이었다.

특히 무작정 앞으로 가던 법승을 놓친 후에는 그런 경향이 더 짙어졌다.

길을 안내해야 할 사람이 없으니 나한들의 가슴에 섞인 불안감은 조금씩 크기를 더해 갔다.

그런 경향은 함께했던 나한들이 하나둘씩 사라지면서 더 심해졌다.

분명 방금 전까지 옆에 있었는데 어디로 빠졌는지 갑자기 사라져 보이질 않는다. 길을 찾느라 잠깐 딴 곳에 한눈을 판 사이에 다들 어디론가 사라진 것이다.

상나한(想羅漢) 법한(法閒)은 덜컥 겁이 났다.

혹시 이 끝이 보이지 않는 화염지옥 같은 곳에 영영 갇혀 평생 빠져나가지 못하는 것은 아닌지.

"사형! 사제! 다들 어디에 계세요?"

그렇게 한참을 헤매다, 법한은 다행히 저만치 앞에서 살짝 일렁이는 남색 빛을 볼 수 있었다. 나한들이 들고 다니는 제미곤이 햇볕에 부딪혔을 때 나는 색깔이다.

법한은 드디어 사형제들을 찾았다는 생각에 화색이 되었다.

"사형! 여기서 뭘 하고 계시는……?"

다급히 다리를 놀려 빛이 일렁이는 장소에 도착하는 순간, 법한의 얼굴을 가득 채웠던 화색은 잔뜩 굳어 버리고 말았다.

승려에게는 절대 없는 머리를 길게 늘어뜨린 자가 시푸른 빛을 발하는 검을 들고 서 있었다.

그를 보는 순간, 법한은 느꼈다.

마치 화염지옥에 사는 귀신같다고.

검귀의 입꼬리가 슬쩍 벌어지며 송곳니가 드러났다.

법한은 본능적으로 자세를 갖춰 맞대응을 하려 했으나, 그보다 검귀의 행동이 더 민첩했다.

퍽!

법한의 목이 허공으로 튀어 올랐다.

＊　　　＊　　　＊

"다섯 번째인가?"

화마의 중심 속, 신기하게도 유일하게 불길이 미치지 않는 전각이 있었다.

금태연은 전각의 지붕 위에 섰다.

불길을 가져다 대도 바로 꺼질 만큼 시린 눈빛을 한 그녀는 소림사 경내를 면밀히 살피는 중이었다. 연화옥진(煉

火獄陣)에 갇힌 소림은 이제 멸문이 코앞이었다.

"정확하게는 열한 명입니다."

뒤쪽에서 음산한 목소리가 울린다.

금태연의 봉목이 꿈틀거렸다.

"내가 분명 뒤를 밟지 말라고 했을 텐데?"

"케케케케. 죄송합니다그려."

전혀 미안한 기색이 없는 말투를 내뱉으며 천천히 목소리의 주인공이 모습을 드러낸다.

잿빛으로 빛나는 옷을 입은 자.

북궁대연과 금태연이 이번 행차에 동원한 검귀들의 수장, 일귀(一鬼)였다.

금태연은 마음에 들지 않는 듯 이맛살을 더 깊게 찌푸렸다. 하지만 그녀의 표정이 흔들릴수록 일귀의 기괴한 웃음소리는 커져만 갔다.

분명 남자의 것이지만 고저가 없어 여자처럼 카랑카랑했다.

"혈나한이 상대한 나한들도 처치했나?"

"단전이 부서진 놈들이야 식은 죽 먹기보다도 더 쉽지요. 하여간 이래서 계집은 안 된다는 겁니다. 손을 쓰려면 확실히 써야지, 제 딴에 손속에 자비를 둔답시고 그런 꼴로 만들어 놓으니. 쯧쯧! 한 놈을 보내 났으니 곧 정리가 될 겁니다."

계집을 운운하는 꼴이 딱 금태연더러 들으라고 하는 짓
이다.

하지만 금태연은 무표정했다.

"우리 목표는 어디까지나 귀병가와 거룡궁의 충돌에 있
음을 명심해."

"이제는 귀에 딱지가 앉겠군요, 켈켈켈!"

일귀는 예의 특유의 웃음소리를 내뱉으며 다시 어둠 속
으로 사라졌다.

귀병가는 사실 자객답지 않은 성정을 갖고 있다.

정의롭고 불의를 보면 참지 못한다. 자신들이 그런 삶을
살았기에 그러지 않으려 노력하는 것이다.

응당 위험에 처한 소림사를 도울 수밖에 없다.

하물며 상대가 그들이 증오하는 북궁검가임에야.

소림사를 도와 북궁검가를 상대한다? 소림사는 곧 그들
의 발목을 잡는 사슬이 될 것이다. 그러다 북궁검가가 뿌
린 칼날에 서서히 죽어 가리라.

설사 뜻대로 풀리지 않아도 상관없다.

소림사의 멸문은 피할 수 없는 일.

그 사실에서 북궁검가는 쏙 사라질 것이다. 결국 귀병가
만 남는다. 그들은 결국 죽으나 사나 강호 공적으로 몰릴

수밖에 없는 처지였다.

여기까지가 북궁대연이 정립한 계획이었다.

하지만,

"그 정도로 그쳐서는 안 되지."

금태연이 차갑게 웃었다.

*　　　*　　　*

"아, 안 돼!"

남소유는 비명을 질렀다.

비록 악한 감정만 쌓였다고는 하나, 어린 시절을 보낸 장소다.

하나하나 그녀에게는 추억이 어린 장소였다.

그런 소림이 불타오르고 있었다.

너무나 허망하게.

"이러고 있을 때가 아닙니다! 도와줄 사람이 있으면 도와야 해요!"

무성이 다급히 소리쳤다.

다행히 세 사람은 귀병으로서 키워져 감각이 보통 사람들보다 월등히 예민하다.

아주 작은 기척까지 느낄 수 있었다.

자신들이 왔을 무렵에 싸움과는 전혀 관련이 없는 동자
승, 학승, 속가제자, 불목하니, 시주들까지 전부 대피되었
다고 생각했건만. 사실은 여전히 곳곳에 많은 사람들이 미
처 피신하지 못하고 남아 있었다.

"사람 구하는 건 나랑 적성이 안 맞는데. 하여간 가주
잘못 만나니 이런 이상한 고생까지 하는구만!"

간독이 툴툴대며 무성을 따라 다급히 움직였다.

귀병가 세 사람이 샅샅이 흩어졌다.

타닥!

무성은 앞을 가로막는 잔해 따윈 절대 방해가 되지 않는
다는 투로 가볍게 넘어섰다.

원체 빠른 신법을 구사하기에 가능한 일이었다.

그가 가장 먼저 도착한 곳은 이름을 알 수 없는 전각이
었다. 현판은 땅에 떨어진 채 그을음이 묻어 읽을 수가 없
었다.

'가장 먼저 길을 내야 해.'

무성은 손바닥을 세차게 허공에다 뿌렸다.

팡!

소맷자락이 세게 터지듯이 흔들린다.

그러자 매서운 강풍이 일어나 단숨에 전각 위를 덮쳤다.

불길은 바람을 만나면 크기를 더하지만, 일시에 감당할 수 없을 만큼 강한 바람을 만나면 꺼지고 만다.

하얀 연기가 솔솔 오르는 까맣게 탄 전각이 드러났다.

금방이라도 쓰러질 것처럼 흔들리는 모습이 위태롭기 짝이 없다.

무성은 다급히 전각 안으로 들어섰다.

일단 기책을 부려 불길을 잠재우긴 했으나, 이렇게 화폭을 이용해 인위적으로 만든 화마가 언제 다시 엄습해올지 모르는 일이었다.

"계십니까?"

무성은 휘적휘적 안으로 억지로 몸을 밀어 넣었다.

영주가 실타래처럼 풀려나오더니 희뿌연 반구 모양의 형체를 갖췄다. 무형의 장막은 무성이 움직이는 방향대로 따라와 장애물들을 모두 옆으로 물렸다.

"계시면 대답해 주십시오!"

무성은 감각이 전해 주는 곳을 따라 조심히 움직였다.

감각이 아무리 예민하다고 해도 언저리까지만 안내할 뿐, 정확한 위치까지 알 수는 없는 법이다. 더군다나 이곳에 갇힌 사람의 숨소리는 아주 미약했다.

"여……기……."

"여기 계십니까?"

"살려……!"

"잠시만 기다리십시오!"

무성은 다급히 소리가 들린 쪽으로 달려갔다.

천장이 내려앉았는지 부서진 기왓장과 돌조각이 수북하게 쌓여 있다.

무성은 다시 왼손을 허공에다 뿌렸다.

염력과 함께 통째로 위가 날아간다.

무성은 이번엔 오른손을 뿌렸다. 대신에 방금 전과 다르게 세게 하지 않고 느릿했다.

자칫 잔해를 치우는 과정에서 안쪽으로 쏠리기라도 한다면 큰일이니까.

다행히 영목의 발달에 따라 염동력의 제어 수준은 이미 예전보다 한참을 웃돌았다. 차근차근히 작업을 진행하니 곧 갇혀 있는 사람을 찾을 수 있었다.

안쪽에 있는 이는 여인이었다.

안색이 창백하고 숨소리가 얕았다.

천장이 무너질 때 기둥 쪽에 몸을 바짝 붙여 머리가 깔리는 참사를 면한 모양이었다.

여인은 무성을 보고 안도를 했는지 곧 기절했다.

무성은 다급히 그녀의 맥을 짚었다.

아주 미약했다.

'이대로는 위험해.'

자칫 밖으로 나가는 동안에 숨이 끊어질 수 있었다.

무성은 잠시 고민하다가 다급히 품에서 대환단이 든 함을 꺼냈다.

다른 사람들이 봤다면 경악을 했을 테지만, 무성은 전혀 개의치 않았다. 어차피 금구환도 아직 제대로 체화하지 못한 마당이니 대환단까지는 필요가 없었다.

무성은 여인의 입을 벌려 대환단을 넣었다.

제대로 삼키지 못하면 어쩌나 싶었지만, 다행히 대환단은 혀에 닿자마자 스르르 물처럼 녹아 단숨에 목젖으로 넘어갔다.

무성은 여인의 길쭉한 팔다리를 가볍게 주물러 약효가 고루 퍼질 수 있도록 도왔다.

그러면서 잠깐 느꼈지만 여인은 단아한 인상의 미인이었다.

그을음에 얼굴이 더러워지고 머리가 봉두난발이 되었으나, 뽀얀 피부는 숨길 수 없었다.

잠시 후에 호흡이 한결 편해지자 여인을 등에 업었다.

육감적인 몸매가 느껴졌지만 무성은 신경 쓸 겨를이 없었다.

어느새 이차 폭발이 시작되었다.

콰콰쾅!

"제길!"

무성은 다시 손을 뻗어 염력을 사용, 거의 무너져 가던 벽을 부숴 버렸다.

파밧!

그의 몸이 대지 위를 질타했다.

무성은 비교적 불길이 미치지 않은 산문 외곽 쪽으로 달려왔다.

때마침 산문에는 간독이 있었다.

그 역시 사람을 구했는지 맥을 짚고는 이상한 환단을 먹이고 있었다. 복장으로 보아 잡일을 하는 불목하니로 보였다.

"간독!"

"잘 들리니까 소리 지르지 마! 어쭈? 근데 왜 넌 여자냐? 그것도 꽤 예쁘네? 너 일부러 이런 거지?"

"잔말 말고! 너, 의술 알지?"

"워낙에 어렸을 때부터 많이 치고받고 싸우다 보니 기본적인 건…… 야!"

간독은 무성이 다짜고짜 업고 있던 여인을 넘기자 버럭 소리를 질렀다.

"그 사람 좀 부탁해! 기도만 확보하면 괜찮을 거야. 난 약사전으로 가 봐야 할 것 같아."

"이 새끼야! 사람이 말하면 좀 들으라고!"

무성은 간독이 뭐라고 떠들건 말건 간에 곧장 약사전 쪽으로 움직였다.

'뭔가 이상해.'

무성은 경내를 돌아다니는 내내 처음 왔을 때는 느끼지 못했던 불길함을 느꼈다.

'너무 작위적이야.'

무성은 경내에 흐르는 피 냄새를 맡았다.

사람이 죽어서 흐르는 피 냄새가 아닌, 사람을 무수히 많이 죽여서 몸에 베이게 되는 진한 피 냄새다. 소림사를 불바다로 만든 원흉과 관련이 있을 거란 생각이 든다.

하지만 무성은 거기에 대해서 크게 신경 쓰지 않았다.

딱 잘라 말하자면 그는 이제 소림사와 관련이 없는 자이지 않은가.

저들이 말한 대로 자신들에게 닥친 환란은 자신들이 스스로 해결하는 것이 옳다.

실제로 상황이 이 지경이 되었는데도 불구하고 승려들은 잘 보이지가 않는다. 아마 기습을 한 작자들을 상대하느라 정신이 없겠지.

반대로 힘없이 휘말린 자들은 모른 척 넘길 수 없다.

협이니 의이니 어떤 표현을 갖다 대도 좋다.

위기에 빠진 사람들을 구하는데 무슨 이유가 필요하단 말인가.

'피 냄새! 짙어!'

약사전에 당도하는 순간, 무성은 인상을 찡그렸다.

이건 불길에 휩싸여 흘린 피가 아니다.

혼란을 틈타 칼을 휘둘러야 나는 피.

"제길!"

무성은 욕지거리를 내뱉으며 소매를 강하게 뿌렸다.

팡!

전각 지붕이 통째로 날아간다.

무성은 그사이로 뛰어들었다.

쐐애액!

잠입을 시도하자마자 즉각 기습이 가해졌다.

미간을 찔러오는 공격. 무성은 고개를 모로 꺾었다.

아슬아슬하게 검이 스쳐 지나가자 이번에는 그가 움직였다.

타닥!

좌수를 쳐올려 기습을 한 이의 손목을 후려친다. 순간적인 힘을 버티지 못하고 검을 놓쳐 위로 뛰어 오르자, 무성은 그것을 오른손으로 낚아채 기습자의 가슴팍에다 정확하게 꽂았다.

그야말로 눈 깜짝할 사이에 벌어진 일격!

봉두난발을 한 자는 믿기지 않는다는 투로 입을 뻐끔거리더니 이내 피를 쏟으며 기절했다.

무성은 녀석을 아무렇게나 버리고 땅에 착지했다.

주변 상황을 확인하는 순간, 그의 인상이 일그러졌다.

약사전 내부 상황은 감각으로 느꼈던 것보다 훨씬 심각했다.

곳곳에 시신들이 피를 흘린 채로 널브러져 있다.

벽에 등을 기댄 채로 고개를 꺾은 시신, 도망치기 위해 바닥을 기다가 등이 크게 베어 죽은 시신, 누운 채로 조용히 죽은 시신, 부상자들을 옮기려다 같이 죽은 시신, 약탕과 함께 널브러진 시신까지.

대부분이 승려들이다. 태양혈이 밋밋한 평범한 승려들. 그나마도 저마다 몸에 부상을 입은 이들이 대부분이었다.

몇몇은 낯이 익었다.

'나한.'

남소유가 상대했던 이들이다. 단전이 폐쇄되어 급히 이곳으로 옮겨진 모양이었다.

다행인지 불행인지 여섯 나한 중 아직 두 사람이 숨이 붙어 있었다. 하지만 그마저도 피를 너무 많이 흘려 끊어지기 일보직전이었다.

"호오, 십귀(十鬼)를 일수에 베다니. 제법인데? 아무래도 네가 그 진무성이라는 애송이인가 보지?"

건들거리는 태도. 입가가 재미에 차 웃음을 터뜨린다.

그러나 봉두난발 사이로 비치는 두 눈은 무성과 비슷한 귀화로 일렁인다. 오른손에 들고 있던 검에서는 피가 뚝뚝 떨어졌다.

"아니지. 그래도 애송이라고 하면 안 되겠지? 나이는 어려도 엄연히 나보다 선배니까. 안 그래, 선배?"

"선배?"

무성이 상대를 바라본다.

무심한 눈빛. 하지만 그 위로 조금씩 귀화가 타오르기 시작했다.

"그래. 선배. 혹시 못 들었어?"

괴인이 고개를 모로 꺾었다.

"그럼 이렇게 만나게 된 것도 우연인데 내 소개를 해야겠지? 내 이름은…… 음, 그냥 옛 이름보다는 이게 편하겠지. 구귀(九鬼)야. 선배와는 똑같은……!"

구귀의 말이 끝나기도 전이었다.

휙!

갑자기 무성의 신형이 구귀 앞으로 나타났다.

파라락!

무성은 재빨리 손을 뻗었다. 소맷자락이 세차게 나부끼며 영주가 뭉친 강한 염동파가 전달되었다.

보통 무사라면 바로 당할 만큼 위력적인 힘이다.

하지만 나한을 네 명이나 벤 구귀도 만만치 않았다.

퍼퍼펑!

구귀가 몸을 뒤로 내빼더니 검을 수차례 휘둘렀다.

검과 영주가 부딪칠 때마다 공기가 터져 나가는 소리가 울렸다.

"치사해! 사람이 말하는데 갑자기 공격하는 게 어디 있어? 안 그래, 선배?"

구귀가 휘파람을 불며 이죽거린다.

하지만 무성의 귀에는 들리지 않았다. 가느다랗게 좁혀진 눈매가 의구심을 드러냈다.

"설마 매영보?"

"정답! 이제야 안 거야? 생각했던 것보다 영 눈치가 느리네."

무성은 재빨리 주변을 둘러보았다.

마구잡이로 할퀸 것 같이 곳곳에 남은 검의 흔적. 하지만 그 속에는 풍화가 섞여 있었다.

"이건 육전검이고. 호흡법은 곤호심법이군."

무성의 귀화가 타올랐다.

"설마 귀병인가?"

무성은 기습자의 정체를 눈치챘다.

이들, 북궁검가다.

간독의 암습에서도 살아남은 북궁대연이 비밀리에 키운 비밀 병기들.

"에이! 설마하니 그런 재수 없는 이름을 쓰겠어? 북명검수는 다 뒈졌고, 귀병은 뒤통수를 때렸고. 그렇다면 새로운 이름을 써야지."

구귀가 환희에 찬 미소로 소리쳤다.

"검귀!"

"검귀?"

"그래. 그냥 검귀! 칼귀신! 어차피 모조리 죽이려고 만든 놈들인데 무슨 거창한 이름이 필요해? 안 그래?"

"……."

무성은 구귀가 뿌리는 지독한 살기 속에 숨은 사기(邪氣)와 사기(死氣)를 읽었다.

사특한 기운과 죽은 자의 기운이라.

아무래도 북궁대연은 북명검수와 귀병의 실패를 보고

새로운 방식의 필요성을 깨달은 모양이었다. 자객 양성에 꼭 필요했던 매영보가 더 음침해지고, 곤호심법에도 전혀 못 보던 방식이 가미되었다.

그래서 그 결과는,

"미쳤군."

인성 파괴다.

도무지 산 사람이 흘릴 수 없는 기운을 마구잡이로 흘리며 이렇게 끔찍한 상황에서 진심으로 웃을 수 있는 이는 어딘가가 망가졌다고밖에 여길 수 없다.

문제는 그 결과가 아주 유효했다는 점이다.

무성이 빠르게 해치워서 그렇지, 눈앞에 있는 녀석은 절대 만만찮은 실력이었다.

'못해도 남 소저와 동급이야. 탈각을 이룰 정도라니. 이런 자들이 열 명만 있어도 소림이 위험해. 대체 어느 세월에 이만한 녀석들을 만든 거지?'

무성의 눈을 가느다랗게 좁힌다.

놈들의 검에 맺힌 강기가 유독 눈에 띄었다.

검강이라니.

당장 강호에 나가도 한 지역의 패자가 될 만한 자들이 일개 하수인으로서 이렇게나 많이 갑자기 쏟아질 줄 누가 짐작이나 했겠는가.

귀화를 마주하고도 구귀는 무엇이 그리도 좋은지 깔깔 웃음을 터뜨리기 바빴다.

"미쳐? 미쳤지! 암. 그렇고말고. 안 그럼 이렇게 재미난 세상을 어떻게 살아? 안 그래?"

"북궁대연이 여기 있나?"

"글쎄. 어떨까?"

"있군."

"흐음? 난 아무 말도 안 했는데? 어떻게 알았어?"

"그냥 찔러본 거다."

"뭐? 하하하하! 이런 씨파! 한 방 먹었잖아!"

구귀는 껄껄 웃어 대더니 이내 차갑게 웃었다.

"그럼 이젠 선배도 한 방 먹어 달라고!"

펑!

구귀가 단숨에 땅을 박차 무성에게로 쇄도한다. 귀혼폭령, 용천혈에 기를 응집시켰다가 단숨에 폭발시켜 추진력을 얻는 수법이다.

무성은 즉시 손을 뻗어 영검을 만들었다.

'북궁대연이 있다면 더 이상 남 일이 아니야!'

북궁검가의 노림수를 대충 알 것 같다.

무성은 구귀에게 맞서 나갔다.

이미 말했듯이 문파 차원에서 걸어오는 시비 다툼은 절

대 참을 생각이 없었다.

쾅!

영검과 녀석의 청강검이 부딪친다.

대지가 들썩이며 사방으로 짙은 동심원이 퍼졌다.

"우와! 강한데? 홍운재를 떡으로 만들었다는 소문이 진짜였나 봐?"

순수한 감탄이다.

하지만 무성은 더 이상 상대할 가치를 느끼지 못했다.

한 발자국 성큼 앞으로 내딛는다.

쿵!

강한 진각과 함께 영검이 화살처럼 쏘아졌다. 검풍이 그 뒤를 따르며 강기가 소낙비처럼 쏟아졌다.

콰콰콰!

구귀는 연달아 청강검을 휘둘렀다. 녀석이 검을 뿌릴 때마다 육전검에서 파생된 풍압이, 영검이 흘린 강기를 튕겨냈다.

분명 홍학마저도 무성의 공세를 전면에서 받아 내지 못할 만큼 강한 힘이 실려 있건만.

구귀는 너무나 너끈히 받아 냈다.

'혼명에 대한 성과가 있었어!'

북명검수보다는 귀병이, 귀병보다는 검귀가 만드는데

더 체계적일 수밖에 없다.

그만큼 많은 경험과 정보가 쌓이니까.

거기다 북궁검가 내에서도 혼명에 대한 연구에 상당한 진전이 있었던 듯하다.

구귀는 확실히 강했다.

변이의 완성을 이루고 단숨에 탈각을 이루는 방식까지 터득한 모양이다. 녀석이 가진 힘은 분명 탈각 후에나 가질 수 있는 실력이다. 남소유라면 몰라도 간독은 아직 상대하기 힘들다.

하지만,

"만들어진 것과 깨닫는 것의 차이는 크지."

"무슨 헛소리를 하는……! 헉!"

구귀가 이죽거리다 말고 헛바람을 들이켰다.

분명 청강검이 영검을 쳤어야 하는데 갑자기 그 자리에 없었다.

청강검이 빈 허공을 스쳐 동작이 크게 틀어졌다.

그사이 무성은 단숨에 몸을 앞으로 밀어붙이며 영검을 압축해 만든 손가락 굵기의 환(環)을 놈의 가슴팍에다 박았다.

퍼—억!

가슴뼈가 단숨에 박살 나며 함몰된다.

고통은 귀병 등이 자객 수련을 하면서 항상 달고 살던 것.

구귀는 자세를 갖추려 했으나, 움직이질 못했다.

체내로 침투된 영검이 단숨에 기맥과 경락, 단전을 휘저어 버렸다.

울컥!

눈, 코, 귀, 입, 가릴 것 없이 피가 콸콸 쏟아진다.

"이런 건 듣지도 못했……!"

구귀는 억울하다는 듯이 중얼거리다 허물어졌다.

무성은 식은땀을 흘리며 한 발자국 물러섰다.

이들은 단순히 배운 것밖에는 해내지 못한다.

곤호심법, 매영보, 육전검, 여러 살공 기예까지.

분명 완벽하게 익혔을 것이나, 반대로 보자면 그 외 다른 것에는 전혀 문외한이라고 할 수 있는 바.

귀병은 이미 그들이 익혔던 것을 통달하는 것은 물론, 그 이상을 넘어 새로운 경지를 개척했는데도 불구하고. 당연히 검귀가 여러모로 부족할 수밖에 없다.

"하지만 계속 이런 꼼수를 바랄 순 없겠지."

검귀가 만들어진지 얼마 되지 않아서 그렇지, 경험이 쌓이고 시간이 지나다보면 각자 저마다 서로 다른 혼명을 개척할 것이다.

아니, 이미 벌써 그런 자가 있을지도 모른다.

북궁대연.

아들의 복수를 꿈꾸는 그가, 모든 것을 잃어버린 그가, 재기를 꿈꾸는 그가 손쉽게 강해질 수 있는 방법이 바로 앞에 있는데 과연 가만히 있었을까?

무성은 서둘러야겠다는 생각을 가졌다.

하지만 여기에 아직 살아 있는 이가 있었다.

"도와…… 주시오."

법계와 법륭.

과거 홍학과 함께 남소유를 유폐시키고 그녀의 사부를 해한 자들.

하지만 무성은 과거의 일에 대해 연연하지 않았다.

남소유는 이미 이들을 모두 용서했으니까.

무성은 손을 뻗어 그들의 상처를 지혈시킨 후, 양어깨에 한 사람씩 걸쳤다.

간독이 치료해야 할 사람이 더 늘었다.

第九章

돕는 데 이유가 필요하오?

바로 그때, 약사전 지붕 위로 폭죽이 퍼졌다.

퍼퍼펑!

까만 매연과 빨간 불길과는 전혀 다른 푸른 연기.

도처에 퍼져 있던 검귀들이 일제히 연기가 퍼지는 방향
으로 몸을 날렸다.

무성의 표정이 굳어졌다.

"큰일 났군."

여전히 불길이 이렇게도 거칠다. 여인을 구했을 때처럼
강풍을 뿌려 진화하려고 해도 다시 솟아나는 불길 때문에 쉽지가 않았다.

호흡도 어렵고 시야도 확보되지 않았다.

그런 상황에 감각이 닿는 영역 쪽으로 무언가가 빠르게 달려오고 있었다.

숫자는 모두 일곱.

하나같이 구귀나 십귀처럼 시퍼런 살기를 흘리는 자들이다. 도리어 살기는 이전 놈들보다 더 짙었다.

홀로 녀석들의 합공을 상대할 수 있을까 노파심이 드는데 짐이 두 개나 생겼다.

"걸을 수 있겠습니까?"

무성은 비교적 덜 다친 법륭을 보았다.

옆구리만 베인 그는 엉기적거려도 걸을 수 있었다. 공력을 운기하지 못해 속도가 너무 느렸지만.

"괜찮소. 법계 사형이나 신경 써주시구려."

법륭의 말투는 차가웠다. 자신을 도와준다고 해도 단전을 앗아간 이의 동료이니 당연한 반응이었다.

무성은 말없이 법계를 똑바로 등에 업었다.

구귀에 의해 칼로 난도질이 되다시피 한 법계는 피를 너무 많이 흘려 당장이라도 숨이 끊어질 것 같았다.

"서두릅시다."

무성이 앞장서서 발로 문짝을 걷어찼다.

염력을 실은 덕분에 벽이 통째로 날아가 법륭이 편하게 나갈 만큼의 크기는 되었다.

무성은 눈살을 찌푸리며 주변을 둘러보았다.

도처에 불길이 치솟고 있어 함부로 걸음을 옮기기가 어렵다.

그나마 자신은 넘치는 공력으로 버티고 있지만, 법륭과 법계는 그렇지 못하다.

무성은 눈을 가느다랗게 좁히며 주변을 둘러보았다.

비교적 불길이 덜 치솟은 곳. 걸음이 용이한 곳. 산문으로 빠져나갈 수 있는 가장 빠른 길이 머릿속으로 그려졌다.

"따라오십시오."

무성은 걸음을 옮겼다. 법륭이 따라올 수 있도록 보폭을 맞춰야 했다.

'검귀들의 기척이 근처까지 왔어. 서둘러야 하는데.'

양손에 한 명씩 들고서 경신술을 펼치는 것도 방법이다.

하지만 그래서는 검귀의 갑작스러운 공격에 대비하기가 어렵다. 녀석들은 그가 잔뜩 긴장해야 할 정도로 강했다.

돌담을 따라 걷다가 모퉁이에서 꺾는다.

그러다 다시 우측으로, 좌측으로, 장해물을 지나며 앞으로 쭉쭉 나간다.

"정말…… 이 길이 맞는 거요?"

"예. 맞을 겁니다."

"흐음!"

법계는 영 못미더운 눈치였다.

그도 그럴 것이 그는 한평생 소림사에서 살았지만, 무성은 소림사 방문이 이번이 처음이었으니. 하지만 그는 방향 감각을 잃어 길 안내를 하지 못했다.

그렇게 얼마를 걸었을까.

"멈추시오!"

허물어질 듯 말 듯 위태로운 전각 옆을 지나려다 말고 갑자기 무성이 걸음을 멈췄다.

와르르!

아주 간발의 차로 눈앞으로 전각이 쏟아져 내렸다. 장해물로 길이 닫혔다.

바로 그 순간,

팟!

무언가가 불길 사이로 튀어나오더니 무성에게로 쇄도했다.

검이었다. 비검술로 무성을 노리려는 것이다.

무성은 발치에 널브러져 있던 부서진 기왓장을 걷어차 올렸다.

챙!

검이 기왓장에 부딪치며 요란한 소리를 낸다.

하지만 공세는 거기서 그치지 않았다.

갑자기 검에 금이 가기 시작하더니 수십 조각으로 잘게 부서져 사방으로 퍼지는 것이 아닌가!

슈슈슉!

무성이 주로 애용하기도 하는 파산검휘다. 역시 예상대로 검귀들 역시 북명검수나 귀병과 마찬가지로 살공 기예를 터득한 모양이다. 그것도 더 능수능란하게.

대다수는 빽빽하게 밀집해 무성에게로 쏘아졌다.

타다당!

하지만 파편은 무성의 언저리까지만 왔다가 보이지 않는 장막에 가로막혀 튕겨 나고 말았다.

영막(靈膜)!

영주를 빽빽하게 밀집시키면 영검이 되고, 반대로 영주를 길게 풀어 놓으면 영막이 된다. 호신강기의 개념을 지녀 웬만한 공격에는 흠집도 나지 않았다.

덕분에 등에 업힌 법계까지 보호 받았다.

하지만 무성의 손길이 닿지 않은 법륭은 달랐다.

예전과 같이 엄나한의 실력을 지녔다면 모르되, 아무것도 없는 지금은 범인보다도 못하다.

무성은 당장 어떻게 해 줄 방법이 없어 편법을 부렸다.

'얼마나 통할지 모르겠지만……!'

오른손을 법륭에게로 뻗는다.

"흡(吸)!"

음극과 양극을 이용한 전하의 특성에 따라 인력을 최대한으로 전개한다. 염력이 법륭의 몸을 둘러싸는가 싶더니 곧 이쪽으로 단숨에 딸려 왔다.

"으음!"

무성에게로 붙들린 법륭은 상당히 놀란 눈치였다.

그의 눈에는 영락없는 허공섭물로만 보였을 테니.

하지만 무성은 상대가 놀라거나 말거나 검을 던진 검귀 쪽으로 감각을 집중시켰다.

이미 녀석은 뒤쪽으로 달아나고 없었다.

무성은 격공장을 뿌릴까 하다가 금세 거리 차이가 너무 많이 벌어져 포기해야 했다.

"아무래도 놈들이 우리를 목표로 삼은 것 같습니다. 지형을 이용한 유격전을 펼칠 것 같으니 최대한 제 곁에서 떨어지지 말아주십시오."

"아, 알겠소."

법륭은 인상을 굳히면서 바짝 무성에게로 붙었다.

무성은 다시 걸음을 옮겼다.

다행히 곧장 재차 공격을 가해 올 것이란 예상과 다르게 놈들의 등장은 바로 이어지지 않았다.

법륭은 조금 마음이 풀렸는지 조심스레 운을 뗐다.

"사형은…… 좀 괜찮으시오?"

"일단 응급처치를 하긴 했소만, 기맥이 많이 흐리오. 다행히 저희 일행 중 한 명이 대충이나마 의술을 배운 바가 있으니 도와줄 수 있을 거요."

"다행이구려."

대화는 그것이 끝이었다.

두 사람은 한동안 말이 없었다.

법륭은 쓰게 웃었다.

'왜 우릴 도와주는 걸까?'

처음 무성이 나타났을 때 그는 크게 놀랐다.

모두 끝났다고 생각했을 때에 내려온 생각지도 못한 구원의 손길이었으니.

더군다나 그는 말없이 탈출까지 도왔다.

분명 자신들을 알아보는 눈치다. 과거 남소유에게 어떤 짓을 했는지도 아는 듯했다.

그런데도 거기에 대해서 일언반구도 없다.

책망도 없다.

그저 이 일이 당연하다는 듯이 묵묵히 수행한다.

결국 법륭은 답답한 마음을 참지 못하고 물었다.

"우릴 보고 그냥 떠났을 수도 있었을 텐데 왜 돌아온 것이오? 사실 따지고 보면 그대들과 우리는 원수라고도 할 수 있는 사이인데."

하지만 무성의 논리는 간단했다.

"남을 돕는 데 무슨 이유가 필요하오?"

법계의 눈이 살짝 커졌다.

"돕는 데…… 이유가 필요 없다?"

"돕는 데는 적이고 아군이고 없소. 그게 내 생각이오. 위험에 처하면 도와야지."

"돕는다, 돕는다."

법계는 몇 번이고 같은 말을 반복했다.

이미 머릿속은 둔탁한 무언가로 세게 얻어맞은 것처럼 멍하다.

돕는다는 것.

자신들은 무신련이 핍박한다고 하여 불쌍한 사제지간을 돕기는커녕 도리어 찢어 놓지 않았던가.

"아미타불, 아미타불."

가만히 눈을 감으며 염불을 외웠다.

속에서 온갖 생각이 번뇌가 되어 뇌리를 지배했다.

그렇게 얼마나 걸었을까.

탁!

한참이나 걷던 무성의 걸음이 도중에 멈췄다.

"왜 그러시오, 시주?"

법륭은 무성을 더 이상 '마구니'가 아닌 '시주'라고 칭했다.

"이분, 나한 아니오?"

무성 뒤편에 있어 앞을 보지 않았던 법륭은 부랴부랴 앞으로 갔다가 깜짝 놀랐다.

"버, 법한! 네가……! 왜 이곳에……!"

서글서글해서 모든 사형제들에게 인기가 많던 사제가 목이 잘린 채로 누워 있었다.

법륭은 법한의 시신을 끌어안으며 오열을 터뜨렸다.

"아무래도 대사를 해하려 했던 녀석들과 같은 무리들인 듯합니다."

"어째서! 어째서 이런 악독한 짓을!"

"당연히 시신을 수습하는 것이 옳겠지만 지금은 법계 대사님을 옮기는 것이 급하니 서두릅시다."

법륭은 떨어지지 않는 발걸음을 억지로 움직였다.

무성의 말대로 지금은 탈출이 시급했다.

하지만 걸음을 옮길수록 법륭의 인상은 굳어졌다.

모퉁이를 돌 때마다, 담장이 무너져 있을 때마다, 시신이 나타났다. 얼굴을 확인하면 모두 승려였다. 나한을 비롯해 무승들까지. 그것도 모두 끔찍하게 살해되었다.

법륭은 그때마다 울음을 터뜨렸다.

감히 산문을 어지럽히는 것으로도 모자라 힘없는 이들까지 무자비하게 학살한 행태에 치를 떨 수밖에 없었다.

문제는 시신을 함부로 만지지 못한다는 점이었다.

검귀가 파 놓은 함정은 지독했다.

어떤 시신에는 부시독(腐屍毒)을 발라 만지면 중독되게 했다. 또 어떤 시신에는 폭잠혈(爆簪血)을 심어 가까이 다가가면 폭발하도록 해 놓았고, 심지어 살아 있는 것처럼 꾸며 놓았다가 구하러 다가가면 아래에 숨어서 암습을 가하기도 했다.

시신을 이용한 함정 설치. 그리고 간간이 이어지는 계속된 암습에 법륭은 서서히 지쳐 갔다.

사형제들의 주검을 한낱 도구 따위로 여기는 놈들의 악독함에 치가 떨렸다. 한편으로는 구천을 떠돌 사형제들의 영혼이 너무나 불쌍했다.

무성은 기습이 있을 때마다 침착하게 놈들을 막아 갔다. 영검을 던지거나, 때로는 육탄전을 벌이기도 했다.

몇몇은 거의 다 잡을 뻔도 했으나, 검귀는 재빨랐다.

조금만 위험해진다 싶으면 곧장 뒤로 빠져 사라진다. 신기한 점은 대체 얼마나 신출귀몰한지 사라질 때는 종적까지 확실히 감춰진다는 점이었다.

그러다 빈틈이 생기면 다시 돌아와 공격을 가하니, 당연히 법륭 등은 힘들어질 수밖에 없었다.

그렇게 무거운 발걸음을 억지로 움직이다, 법륭은 익숙한 장소에 당도하고 말았다.

'어? 이곳은?'

다 쓰러져 가는 전각이 그들을 맞이한다. 땅에 떨어져 잔뜩 그을어진 현판에는 '약사전'이라는 단어가 적혀 있었다.

"대사, 혹 절 내에 같은 이름을 쓰는 전각이 있소?"

"본인이 알기론…… 없소이다."

그렇다면 방금 전 그들이 나왔던 그 약사전이란 뜻.

무성이 인상을 굳혔다.

"아무래도 길을 잃은 것 같소."

"길을……?"

법륭은 사태의 심각성을 깨달았다.

산 넘어 산이었다.

'대체 어느새?'

무성은 묵혈관법을 계속 유지하며 주변을 둘러보았다.

걷는 내내 감각을 거둔 적이 한 번도 없다.

분명 감각이 시키는 대로 길을 나왔다. 그런데도 같은 장소로 돌아왔다. 무신련 내에서도 정확히 길을 찾았던 묵혈관법이니 실패는 생각할 수도 없다.

그렇다면 이유는 단 하나.

"진법에 갇힌 것 같소."

무성은 공력을 천천히 끌어올리며 영주를 손 밖으로 끄집어냈다.

"그것도 상당한 절진에."

그 말이 끝나기 무섭게,

파바밧!

누가 먼저랄 것도 없이 갑자기 사방에서 공간을 뚫고 네 명의 검귀가 튀어나왔다. 무성에게 검을 던졌던 녀석과 또 다른 기질을 가진 자들이다.

'역시나 느끼지 못했어!'

이곳이 진법이라는 또 다른 증거.

어느새부턴가 이들의 기척을 놓치고 있었다.

탈각 이후 초능의 반열에까지 오른 공간지각이 흔들린다는 증거였다.

타닥!

네 검귀 중 두 명이 일제히 무성에게로 검을 던진다.

남은 두 명은 땅을 박차며 직접 쇄도했다.

무성은 일전에 그랬던 대로 바닥에 나뒹굴던 기왓장을 걷어차 올려 검 두 자루를 맞상대했다.

쾅!

검이 파산검훼에 따라 수십 조각으로 갈라졌다.

하지만 그것은 기왓장도 마찬가지였다. 도리어 더 잘게 쪼개지더니 앞으로 폭사하지 않고 모두 좌우로 흩어졌다.

따다당!

소낙비처럼 무성이 있는 쪽으로 쏟아지려던 칼날 파편들의 옆면에 모조리 기왓장 조각이 부딪쳤다. 파편은 무성이 전혀 닿지 않는 곳으로 흩어졌다.

파편이 마치 유성우가 내리는 듯한 하늘 아래, 무성은 법계를 업은 채로 오른손을 앞으로 뿌렸다.

펑!

앞서서 달려오던 검귀 팔귀(八鬼)는 격공장에 휘말려 뒤로 튕겨 났다.

하지만 녀석은 본능적으로 격공장을 검면으로 흘리더니 허공에서 몸을 틀어 제비돌기를 두 번이나 하다가 땅에 무사히 착지했다. 고양이처럼 날렵한 동작이었다.

반대로 오귀(五鬼)는 무성 앞까지 치달았다.

퍼퍼펑!

무성은 영주를 휘감아 영검으로 만들어 부딪쳤다.

보이지 않는 검과 강기로 둘러싸인 검이 부딪치니 충격파가 요란하게 울린다.

오귀는 앞서 상대한 구귀나 십귀와 전투 방식이 전혀 달랐다.

살기를 줄줄 흘리며 자신이 여기 있노라 광고를 해 대던 놈들과 다르게 기운을 절제할 줄 알았다. 쓸데없이 동작이 크지 않고 중요한 요소요소마다 검을 찔러 넣을 때만 기운을 뿌렸다.

끼아아아!

덕분에 오귀가 검을 휘두를 때면 마치 수십 마리의 유령이 동시에 울부짖는 것 같은 요란한 소리가 났다.

검귀에 대해 전혀 모르는 사람이라면 맞대응하는 것만으로도 귀곡성에 깜짝 놀라거나, 음습한 기운에 휩싸여 제 실력을 펼치지 못했을 것이다.

그러나 무성은 전혀 개의치 않았다.

도리어 기운을 더욱 영검에 쏟아부었다.

콰콰콰!

영검을 아래에서 위로 튕기듯이 쳐올린다.

그러자 땅거죽이 뒤집히면서 막강한 칼바람이 용암처럼

샘솟았다.

따다당!

오귀는 다시금 검격을 뿌려 칼바람을 용케 막아 냈다.

하지만 쏟아지는 칼바람과 영검의 폭격은 그가 쉽사리 감내할 수 있는 것이 아니었다.

덩치 큰 법계를 등에 업고서도 한 손으로 검격을 마구 쏟아 내는 무성의 무위는 신기에 가까울 정도였다.

무성은 오귀의 손발이 약간 어지러워지는 기미가 보이자 곧장 영검을 수직으로 세워 옆으로 쳤다.

쾅!

오귀의 검이 단숨에 반으로 분질러진다.

녀석이 놀란 틈을 노려 무성은 여세를 몰았다.

영검을 좌측 상단에서 우측 하단으로, 대각선 방향으로 틀어 꺾었다. 심장을 가르는 일격이었다.

하지만 방해가 없을 수 없다.

멀리 떨어져 있던 육귀(六鬼)와 칠귀(七鬼)가 허리춤에서 새로운 검을 꺼내 무성에게로 던졌다. 이번에는 무성이 수작을 부리지 못하도록 아예 처음부터 파산검훼를 펼쳤다.

방금 전처럼 기왓장을 보낼 수도 없는 노릇이라, 무성은 어쩔 수 없이 오귀를 치려던 영검의 방향을 측면으로 꺾었다.

영검을 따라왔던 막강한 풍압이 회전하면서 염력과 함께 넓게 고루 뿌려졌다.

따다다다당!

백여 개에 달하는 파편들이 단숨에 튕겨 나가거나 풍압에 짓눌려 잘게 부서지는 모습은 과히 장관이었다.

그사이 팔귀가 재빨리 다가와 오귀를 안고 물러섰다.

"퇴(退)!"

목적을 이루자 네 검귀가 일시에 빠진다.

무성의 인상이 굳어졌다.

"어딜 가려고!"

무성은 단숨에 영검을 압축시켜 영환(靈環)으로 만들었다. 아직 조잡하기 그지없는 모양새였지만 이미 구귀를 상대하면서 위력은 입증되었다.

영환을 검지에 걸어 안쪽으로 모았다가 튕긴다.

탄지신통(彈指神通)!

백보신권, 달마삼검과 함께 소림이 자랑하는 최고의 지풍이 단숨에 공간을 뚫는가 싶더니 저만치 뒤로 빠진 이들에게로 날아들었다. 진법이 감각을 계속 교란시켜 결과가 어찌 되었는지 알 수가 없었다.

"미치겠군."

무성은 금세 사라진 검귀들을 떠올리며 이를 갈았다.

이미 진법에 갇혀 어딜 가더라도 제자리로 돌아오는 마당에 녀석들은 계속 유격전을 펼칠 모양새다.

한두 번은 어떻게 막아 낸다고 하더라도 계속 이어진다면 결국 체력적인 한계에 부딪칠 수밖에 없었다.

특히 지금 이 순간에도 진법을 구성하는 화마의 화력은 자꾸만 거세진다. 공기도 서서히 사라질 테니 이대로는 무성의 필패였다.

'북궁검가, 단단히 작정했어.'

자신 하나를 잡고자 소림을 통째로 제물로 삼아 버리는 북궁대연의 악독한 수에 이가 절로 갈렸다.

한편으로는 어딘가에 있을 남소유와 간독이 걱정되었다.

그들에게는 검귀의 마수가 닿지 않았을는지.

'빨리 강구책을 마련해야 해.'

무성이 깊게 생각에 잠긴 그때였다.

부스럭!

우측 후미에서 인기척이 느껴졌다.

무성이 재빨리 영검을 뽑아 그쪽으로 던지려다 잠깐 멈칫거렸다.

"당신은?"

"대사형!"

법륭이 화들짝 놀라 소리쳤다.

그을음에 얼굴을 잔뜩 묻힌 법승이 서 있었다. 무성처럼 누군가를 등에 업은 채로.

"아아! 다행이구려."

법승은 초췌한 기색이 역력했다.

같이 움직였던 사제들과도 모두 떨어지고 계속 반복되는 진법 안을 맴돌기를 수차례.

이제는 영영 이 끝나지 않는 진법 안에 갇힌 채로 죽는 수밖엔 없는가 하고 한탄을 놓던 차에 익숙한 얼굴을 만나게 되었다.

그는 걸음을 옮기다가 법륭과 법계를 보고 놀랐다.

"륭! 너 허리가 왜 그러냐? 법계는 또 왜 저러고 있어?"

"당했습니다."

"누구에게?"

"아직 사형은 만나지 못하셨습니까?"

"무엇을 말이냐?"

법륭은 답답한 기색이 역력했다.

"사기를 흘리는 놈들이 기습을 해 왔습니다. 그래서 모두 당했습니다. 저도, 법계 사형도. 법한, 법현, 법웅…… 법성까지도."

"그, 그게 무슨 소리냐! 그들은 분명 나와 같이 용정으로 들어갔다가 사라졌……! 서, 설마! 북궁검가!"

법승은 사색이 되어 소리쳤다.

"역시 사형도 만나셨군요."

"놈들이 이런 참혹한 지옥을 만든 원흉이다. 그들 때문에 홍율 사숙과 홍민 사숙도 당하셨다."

"그, 그런!"

두 사람은 서로가 알고 있는 진실을 나누자 큰 충격에 젖고 말았다.

정신이 너무 멍했다. 이성을 되찾을 수가 없었다.

소림사의 기둥뿌리부터 뽑혀나가게 되었으니 과연 재기할 가능성은 있을까 노파심도 들었다.

"한데, 업고 계신 분은 누구십니까?"

"모르겠느냐? 방장 사백이시다."

"바, 방장께서!"

얇은 홑이불 같은 것으로 덮고 있어 여태 법승이 누굴 업고 있는지 몰랐다.

법륭이 크게 놀라 예를 갖추려 하자, 법승이 막았다.

"주무시고 계시다. 때마침 북궁검가의 졸자에게 암습을 당하고 계시는 것을 겨우 구해 냈어. 하지만 부상을 크게 입으신 까닭에 서둘러 모시고 산문을 빠져나가려던 차였는데 그만 길을 잃고 말았다."

법승의 안색이 어두워졌다.

"진 시주께서는 이곳이 진법이라 하셨습니다."

"시주께서?"

법승은 슬쩍 무성을 보다 쓰게 웃었다.

"맞다. 정확하게는 미로진이지. 진법 내에 들어온 사람의 길을 헤매게 만드는 단순한 진법이다만, 문제는 연화옥진은 화염지옥을 구사한다는 차이점이 있어. 이곳을 빠져나갈 방법만 찾을 수 있다면 좋을 텐데."

법승의 안색이 어두워졌다.

법륭 역시 믿었던 대사형이 길을 모른다는 사실에 우울해했다. 더군다나 방장까지 다치고 사대금강까지 곤욕을 치렀다니 고민이 커 보였다.

그때 무성이 법승에게 물었다.

"혹 이 진법의 이름을 안다면 진법의 구성 방식도 아시오?"

"정확하게는 모르지만 얼추 개략도라면 아오만."

법승은 얼떨결에 대답했다.

무공 수련 외에도 여러 잡기에 관심이 많아 한때는 진법을 공부한 적도 있었다. 얕은 지식에 불과했지만.

"충분하오. 그 개략도라도 가르쳐 주시오. 팔문(八門)의 행방, 진축(陣軸)의 구조, 환소(幻素)의 속성 정도면 충분하오."

팔문은 진법으로 들어가고 나오는 여덟 개의 문을, 진축은 진법을 구성하는 뼈대를, 환소는 팔문과 진축 내부를 계속 순환하는 요소들을 말한다.

법승은 무성이 어느 정도 진법에 대해 깊이 공부했다는 사실을 알아차렸다.

어쩌면 이 묘하기 짝이 없는 사람이 기적을 부를지도 모르겠다는 생각에 자신이 아는 한도 내에서 연화옥진에 대한 모든 것을 상세히 설명했다.

무성은 이해가 잘 가지 않는 점이 있으면 즉각 물었고 법승은 몇 번이고 설명을 되풀이했다.

그렇게 질문과 대답이 오가길 여러 차례.

어느덧 무성은 작은 나뭇가지를 주워 바닥에다 무언가를 다급히 써 내려가기 시작했다.

숫자와 문자가 써지고 지워지기를 반복한다.

법승은 눈대중으로라도 무성이 연화옥진을 구성하고 있는 바들을 계산하고 팔문의 위치를 파악해 나간다는 사실을 깨달았다.

단 몇 번의 손놀림으로 소림사 경내를 덮친 이 지독한 지옥을 낱낱이 파헤치고 있는 것이다.

숫자의 양이 서서히 줄어들며 해답이 도출된다.

그럴수록 법승의 안색이 점차 밝아졌다. 그를 보고 법륭
도 조금씩 희망을 가졌다.

第十章

새로운 국면

"뭘 하려는 거지?"

북궁대연은 널찍이 연화옥진 위에 서서 무성이 하는 짓을 가만히 살피다 인상을 찌푸렸다.

때마침 팔귀가 정찰을 다녀왔다.

"무엇을 하고 있더냐?"

"이상한 글자를 바닥에 적고 있었습니다."

"글자를?"

"예."

"무엇인지는 알아볼 수 없고?"

"그것이 저도 처음 보는 문자라…….."

팔귀가 어물쩍 넘겨 버린다. 무식한 자신의 지식을 보이기가 부끄럽다는 뜻이다.

'멍청한 놈!'

가문의 빠른 재건을 위해 검귀들을 육성하느라 별다른 지식을 주입하지 못한 것이 유일한 흠이라면 흠이다.

북궁대연은 다시 무성 쪽으로 시선을 돌렸다.

"흐음!"

왠지 이유 모를 불안감이 들었다.

"며늘아기가 있다면 알아차렸을 것인데."

금태연은 가진 바 무공 실력이 부족하다.

검귀를 육성할 때 같이 곤호심법을 익히게 할 수도 있었지만, 혹시 있을지 모를 부작용을 우려해 뒤로 빼 뒀다. 그래서 금태연은 안전한 외부에서 대기 중이었다.

"어쩔 수 없지."

북궁대연은 팔귀에게 일렀다.

"검귀들을 모아라. 어차피 짐짝만 많아 제대로 운신도 못 할 것이니 허튼수작을 부리기 전에 단번에 몰아친다."

"하오나 군사께서는 계속 유격전을 펼쳐 저들의 체력을 모두 빼 두라고 하셨……!"

"너희들의 주인이 누구냐? 나냐? 며늘아기냐?"

"죄, 죄송합니다! 명을 이행하겠습니다!"

팔귀는 황급히 사죄를 하고는 자취를 감췄다.

북궁대연은 싸늘하게 식은 검을 뽑았다.

"그래. 이미 덫에 완전히 갇혀진 마당에 괜히 시간을 끌 필요 없겠지. 민아야, 거기서 보아라. 곧 놈들을 천참만륙 내어 네게로 보내줄 터이니."

*   *   *

'조금만! 조금만 더!'

무성의 손놀림이 바빴다.

그는 틈틈이 시간이 날 때면 묵혈병론을 꺼내 한유원의 공부를 답습했다. 이제는 상단전이 깨어 대부분 이해를 했지만 여전히 복습은 주효했다.

그래서 진법에 대해 전혀 아무것도 모르면 막막하되, 풀 수 있는 아주 작은 단초라도 제공된다면 그것을 잡고 거슬러 올라갈 자신이 있었다.

그리고 이제 해답이 보이려 했다.

하지만 북궁검가도 바보는 아니었다.

팟!

수상쩍은 기색을 느꼈는지 검귀가 다시 나타났다.

이번에는 일곱. 진법 쪽으로 움직이던 검귀 전부였다.

"법승! 잠시면 됩니다! 잠시만 막아주시오!"

"아, 알겠습니다!"

법승은 등에 업고 있던 방장, 홍선 대사를 다급히 법륜에게 맡기고 자세를 갖췄다.

그 역시 상당히 지친 기색이 역력했지만, 주먹을 꽉 쥐고 섰다.

쿵!

진각을 세게 밟으며 공간을 밀듯이 주먹을 앞으로 쭉 뻗는다.

"대, 대사형! 지금 그것을 펼치시면!"

법륜이 소스라치게 놀랐다.

지금 법승이 펼치고자 하는 무공은 백보신권.

백보신권은 그 위력만큼이나 펼치는데 제약도 심하다. 아직 깨달음이 부족한 법승이 함부로 펼칠 수 있는 것이 아니었다. 그는 목숨을 걸고 있었다.

펑! 펑!

연달아 격공파가 퍼진다.

접근하려던 검귀들은 섣불리 접근하지 못하고 허공에서 몸을 뒤틀거나, 들고 있던 검으로 충격파를 베어 내는 등의 행동을 보였다.

위력은 놈들을 잡기에 부족하지만 발목을 잡기엔 충분

했다.

그사이에도 무성은 해답을 도출해 나갔다.

"안 되겠군!"

그때 육귀가 이를 갈더니 검을 던졌다.

퍼퍼펑!

파산검훼에 따라 소낙비가 쏟아진다.

법승이 허공에다 주먹을 연달아 뿌렸지만 한 지점에만 강한 타격을 입히는 백보신권으로는 너무 넓은 파편의 범위를 맞대응할 수가 없었다.

무성은 계산에 너무 몰두해 이쪽 상황을 전혀 모르고 있었다.

법승이 이를 악물고 쌍권을 내지르려는 그때,

퍼퍼펑!

갑자기 여태 가만히 있던 법륭이 앞으로 나섰다. 쌍장을 앞으로 내지르니 장풍이 날아들며 파산검훼 정중앙을 요격했다.

"사제! 그만둬!"

법륭은 분명 단전을 잃었다. 치료하면 어떻게 될지 모르는 일이나, 지금의 몸 상태로는 불가능하다.

그런데도 무공을 펼칠 수 있는 방법은 단 하나.

생명력을 불사르고 있는 것이다.

"다른 사형제들을 부탁합니다, 대사형."

법륭은 법승에게 미소를 지어 보이고는 앞으로 달렸다.

법승은 그를 잡고자 했지만 뒤에 무성과 홍선 대사, 법계가 있어 따르질 못했다.

법륭은 자신 하나를 불사르는 중이었다.

선천지기를 날릴지는 생각지도 못했는지 가장 앞에 나와 있던 육귀가 뒤로 도피하려다 곧 얼굴을 덮쳐 오는 손길을 미처 피하지 못하고 그대로 머리가 터져 나갔다.

법륭 역시 무사하진 못했다. 육귀의 검이 복부를 꿰뚫었다.

"사제에에에에!"

법승이 오열에 찬 비명을 터뜨리는 사이, 다른 검귀들이 모조리 법승 쪽으로 육박해 왔다.

매영보. 귀신을 연상케 하는 속도였다.

끼아아!

수십 마리의 유령이 동시에 울부짖는 듯한 끔찍한 귀곡성이 눈물 맺힌 법승을 덮치려는 찰나,

"되었소!"

마침내 무성이 해답을 도출해 냈다.

일(一)

단순히 보면 그냥 아무렇게나 선을 그은 것으로밖에 보이지 않는 글자 위에 무성이 손바닥을 얹었다.

탁!

역시나 가벼운 접촉이다.

하지만 결과는 절대 그렇지 않았다.

우──웅!

갑자기 지면이 살짝 떨렸다.

위로 아주 작은 훈풍이 불더니 동심원을 그리며 크게 퍼졌다. 마치 잔잔한 호수에다 돌멩이를 던진 것처럼 잔잔히 그려진 파문은 엄청난 강풍을 동반한 채로 끝도 모르게 커졌다.

근방까지 다가왔던 검귀들은 파문을 거스르지 못하고 그대로 튕겨 났다.

"퇴!"

불리해진다 싶으면 물러선다.

녀석들은 철칙에 따라 언제나 그랬듯이 다시 후퇴를 택했다. 허공에서 제비를 돌며 연화옥진 뒤편으로 녹아드려 한다.

하지만,

"네놈들 뜻대로 될 것 같나?"

무성의 싸늘한 조소와 함께 갑자기 주변 세상이 뒤틀어졌다.

지—잉!

가벼운 떨림. 공간이 살짝 왜곡되었다가 본래대로 돌아온다.

검귀들은 각자 땅에 착지했다. 모두 다친 곳 하나 없이 무사하다. 그러나 얼굴엔 경악이 어렸다.

"이, 이게 어떻게 된 일이지?"

"진법이 왜 우리를 거부하는 거냐!"

응당 당연히 연화옥진 뒤편으로 사라져야 하건만 진법이 그들을 거부했다. 녹아들지 못하고 무성 등과 마찬가지로 진법 안에 갇히고 말았다는 증거였다.

경악은 거기서 그치지 않았다. 또다시 한 번 공간 왜곡이 일어났다. 이번에는 이전과 달리 반대 방향이다.

왜곡은 법승 등을 삼켰다.

"진 시주!"

"진법 밖으로 물려 드리겠소. 산문 밖으로 피해 계시오. 거기에 우리 측 동료가 있으니 도움을 구하면 도와줄 거요. 사제의 일은 도와 드리지 못해 미안하오."

"정말 미……!"

법승은 무어라 말했지만 곧 공간 왜곡에 휘말려 소리까

지 파묻히고 말았다. 그렇게 세 사람이 모두 사라졌다.

무성은 한숨을 토하다가 법륭의 시신을 발견했다.

자신이 조금만 더 빨랐다면. 조금만 더 일찍 해답을 도출했다면 그를 희생하지 않아도 됐을 텐데.

분노를 담아 검귀들을 노려보았다.

화르륵!

눈가 위로 귀화가 타오른다.

소림사를 불사른 화마보다도 더 거친 귀화.

"그냥 상대한 것이었다면 이해했을 것이다. 북궁민을 죽인 건 나니까. 하지만 나 하나를 잡고자 아무런 관련이 없는 소림사를 해한 것은 용서치 못한다!"

쿵!

무성이 진각을 밟는다.

동시에 단전이 징, 징, 울어 대며 사방으로 기세가 확하고 퍼져 나갔다.

세상을 집어삼킬 것 같이 맹렬하게 타오르던 화마가 갑자기 훅 하고 꺼졌다. 새카맣게 타 버린 잿더미가 드러나고 하얀 연기가 솔솔 올라온다.

진법을 구성하는 환소가 모두 사라진 것이다.

"쳐, 쳐라!"

검귀들이 일제히 무성에게로 몸을 던진다.

더 이상 숨을 곳이 없으니 남은 것은 싸움 뿐.

그들 모두가 탈각을 이뤄 신주삼십육성에 달하는 고수들이니 합공을 꽤한다면 무성 하나를 못 잡을까 하는 생각도 있었다.

쉭! 쉭쉭!

이귀(二鬼)와 삼귀(三鬼)는 파산검훼를 터뜨린다. 사귀(四鬼)는 전면에서 달려든다. 오귀와 칠귀는 후미를 노린다. 팔귀는 옛 북명검수의 방식에 따라 무영화혼으로 몸을 감추는 암격자를 맡는다.

수많은 칼바람이 사방에서 옥죄어 오는 가운데, 무성은 그 중심에 서서 영검을 뽑았다.

"내가 왜 진법을 부수지 않고 힘들게 이쪽으로 소유권을 돌렸는지 생각은 안 해 봤나?"

무성이 차갑게 툭 하고 던진 한 마디에 검귀들의 몸이 움찔거렸다. 하지만 이미 때는 늦었다.

무성이 영검을 수평으로 놓아 세게 그었다.

순간, 공간에 쩍! 하고 금이 갔다.

실금은 서서히 커지고 커지다 시커먼 구멍이 되었다.

무저갱이 열렸다.

아래로 훅 꺼졌던 화마가 단숨에 분출되었다.

마치 땅거죽을 뒤집고 일어나는 용암처럼!

콰콰콰콰!

불길은 대지 위를 거칠게 질타했다. 불나방처럼 날아오던 검귀들을 단숨에 집어삼켰다.

"크아아악!"

"으아악!"

검귀들은 불길이 주는 고통에서 벗어나고자 발버둥 치다, 끝을 모르고 쏟아지는 화마에 결국 시신조차 온전히 남기지 못하고 잿더미가 되어 사라졌다. 공간 속에 숨어 있던 팔귀도 다르진 않았다.

모든 목표를 말살했는데도 불구하고 화마는 마치 포만감을 모르는 허기진 맹수처럼 계속 날뛰기를 반복했다.

결국 진법이 화력을 감당하지 못했다.

환소가 요동쳤다. 팔문이 일그러지고 진축이 꺾여 제 기능을 잃었다.

결국 연화옥진이 무너졌다.

와장창!

공간이 무너진다. 천지가 역전된다. 세상이 꺼진다.

아주 잠깐 일어난 현기증 후에 나타난 것은 모든 불길이 꺼진 소림사 경내 한가운데였다.

그리고 무성 앞에는 당혹을 금치 못하는 노인이 서 있었다. 무성은 단번에 노인의 정체를 알아차렸다.

북궁민과 너무나 닮았다.

아마 북궁가주, 북궁대연이리라.

"대체 어떻게 한 것이냐?"

믿었던 진법이 겨우 키웠던 정예를 불사른 것으로도 모자라 단숨에 꺼지고 말았으니 놀란 모양이다.

무성은 대답도 없이 몸을 날렸다.

이미 그는 인내심이 극한에 달해 있는 상태였다.

콰앙!

북궁대연이 화들짝 놀라며 검을 뽑아 맞대응했다.

충격파와 함께 지반이 내려앉았다.

"이게 무슨……!"

북궁대연은 손목을 찌릿찌릿하게 울리는 통증에 크게 놀라고 말았다.

사대금강을 모두 도륙 낸 자신이 아니던가.

특히 그중 한 명은 소림사가 자랑한다는 백보신권의 주인, 광목금강이었다.

그는 검귀를 양성할 때 스스로도 참여했다.

이법, 실제 명칭은 혼명인 힘을 터득했다. 아들이 남긴 연구 성과와 영호휘가 터득한 심득 등을 조합하여 새로운 길을 개척했다. 그래서 단언할 수 있었다.

세상에 자신보다도 혼명을 완벽히 다룬 이는 어디에도 없노라고!

그런데 이게 무슨 일인가?

깡! 깡!

무성이 영검을 내리친다. 아주 무심하게. 하지만 세상을 태울 귀화를 눈으로 드러내며.

그때마다 북궁대연은 팔이 떨어져 나갈 것 같았다.

"이럴 순 없다! 이럴 순 없단 말이다!"

북궁대연은 이를 갈며 발광했다.

콰콰콰!

검을 마구잡이로 휘두른다. 강기가 쭉쭉 뽑혀 나오며 세상을 갈라 버릴 듯이 날아든다.

전통 명문인 화산파와 무당파마저도 한 수 접어줘야 한다는 북궁검가의 신독행검!

너무나 빨라 상대는 막기에도 급급해야 하지만,

채채채챙!

무성은 너무나 쉽게 막아 내고 있었다.

도리어 그 빠른 공세 속에서 빈틈을 찾아 반격을 꾀한다.

쿵!

진각을 밟으며 몸을 앞으로 내민다.

영검이 화살처럼 쏘아진다. 아주 작게 난 빈틈 사이로 파고 든 영검으로 인해 북궁대연의 검로가 실타래처럼 엉키고 말았다.

이윽고 영검이 방향을 꺾으며 위로 쏘아졌다.

퍽!

영검이 오른쪽 가슴을 뚫고 지나간다.

본능적으로 몸을 틀어 치명상은 피할 수 있었지만 관통상은 면하지 못했다.

쿨럭, 북궁대연은 피를 토하면서도 오열에 차 소리쳤다.

"대체 왜!"

무성이 싸늘한 어조로 답했다.

"당신이 터득한 혼명은 너무 미숙하니까."

"뭐?"

"혼명은 절대 당신이 생각하는 것처럼 단순히 단시간에 급격하게 강하게 만들어 주는 마공 따위가 아니야. 수차례 궁구를 거듭하며 길을 찾아야 하는 경서(經書)지."

"……!"

불경이나 도경처럼 혼명에도 깊은 뜻이 있다고?

'이대로는 힘들다! 놈을 잡지 못해!'

검귀야 다시 키우면 된다. 어차피 북검패의 명령에 따라 비밀 장소에서 새로운 검귀가 키워지는 중이었다.

이번 일로 혼명에 대한 새로운 사실을 알았으니 차후를 기약한다면 더 강한 검귀를 만들어 낼 수 있으리라.

어차피 애초에 이번에 무성을 완전히 잡고자 작정한 것도 아니었다. 놓쳐도 소림사의 죄를 모두 뒤집어씌울 요량이니 작전이야 새로 짜면 그만이었다.

특히 사돈댁이 있는 병부의 정주유가와 무성을 잡기로 뜻을 함께한 초왕의 왕부가 있다면 절대 문제없었다!

북궁대연은 무성과 싸움을 하다 말고 최대한 몸을 물리며 휘파람을 불었다.

삐익!

후방에서 대기하는 며늘아기, 금태연을 부르는 소리다.

신호를 보내면 일귀를 투입해 무성을 대신 맡게 하고 자신은 후퇴하기로 이야기가 되어 있었다.

하지만 이상하게도 아무런 반응이 없었다.

삐익! 삐이익!

몇 번이고 신호를 보낸다.

그때마다 무성이 영검을 휘둘러 자세가 흐트러진다. 점차 궁지로 내몰렸지만 억지로 휘파람을 불어댔다.

알 수 없는 불안감이 등골을 엄습했다.

"버림받았나 보군."

무성의 싸늘한 한 마디가 북궁대연의 폐부를 찔렀다.

"말도 안 되는 소리 하지 마라! 그 아이는! 그 아이는……!"

"결국 당신은 그것밖에는 안 되는 그릇이었어. 당신 아들도 오른팔로 여겼던 자가 자신을 잡으려는 이의 세작이라는 걸 모를 정도로 멍청했지. 그 아비의 그 아들인가?"

"닥쳐라!"

북궁대연은 너무 당황한 나머지 발이 엉키고 말았다.

무성은 빈틈을 놓치지 않고 단숨에 쇄도했다.

"그렇게 애타게 찾는 당신 아들 곁으로 가."

"진무서어어어엉!"

무성은 몸을 측면으로 틀었다.

영검이 결을 따라 미끄러지며 세상을 쪼갰다.

퍽!

비스듬하게 잘린 머리가 허공으로 튀어 오른다. 악다구니를 지르는 표정 그대로였다.

무성은 피를 벌컥벌컥 쏟아 내는 북궁대연의 시신을 가만히 내려다보다가 곧 몸을 산문 쪽으로 돌려 사라졌다.

'응원군이 있다면 남 소저 등이 위험해.'

*　　　*　　　*

"결국 당신도 진무성의 손에 목이 달아나고 말았군요. 그 아비나, 그 아들이나, 어찌 그리도 똑같을까요?"

금태연은 만족에 찬 미소를 지었다.

여태 무표정하던 모습에서 절대 찾아볼 수 없었던 감정 변화였다.

일귀가 그 모습을 보다가 물었다.

"한데, 북궁가주는 왜 배신하란 거요? 만약 날 투입했다면 당신 시아비는 살았을 텐데?"

"이미 그는 끝난 퇴물이니까."

금태연은 손을 들어 보였다.

엄지와 검지 끝에서 은색으로 반짝이는 신패가 대롱대롱 끈에 매달려 있었다. 북검패였다.

이것을 손에 넣고자 그동안 얼마나 노력을 기했던가.

"새 술은 새 부대에, 새 가문은 새 가주에. 너희들을 단순한 소모품으로 생각하는 북궁가주에게 과연 미래가 있다고 생각해?"

"그야 당연히 아니지요, 켈켈켈."

"이미 초왕부와 정주유가에서도 이 사실을 알고 있으니 걱정하지 않아도 좋을 거야."

금태연은 북검패를 다시 손으로 움켜쥐었다.

"그러니 움직여. 명분을 다 갖췄으니 이제 잡아야지?"

"케케케! 역시 지모금란! 그대의 머릿속은 열면 열수록 대단해! 당신이 가주로 있는 동안에는 충성을 다 바치지!"

일귀가 땅을 박차 허공으로 사라졌다.

금태연은 몸을 반대로 돌렸다.

"북궁민도, 북궁대연도 죽었어요. 이제 딱 한 명, 진무성만 남았네요. 그러니 조금만 기다려 주세요. 녀석까지 잡고 나면 저도 곧 따라갈 테니. 상공."

* * *

그 시각, 숭산 아래에서 대기하고 있던 일대 병력들이 대거 산을 오르기 시작했다.

* * *

다행히 무성이 우려했던 것과 다르게 산문에는 아무런 이상이 없었다.

"무성!"

남소유가 눈물을 쏟으며 그를 불렀다.

그녀 역시 상당한 격전을 치렀는지 곳곳에 상처와 피를 흠뻑 뒤집어쓰고 있었다.

하지만 피의 대부분은 그녀의 것이 아니었다.

죽어 가는 승려들의 것이었다.

"치료가 쉽지 않다. 약초를 캐오든가, 그게 아니면 부상자들을 의원에게 데려가야 할 것 같아."

간독은 인상을 잔뜩 찡그리며 품에 안긴 승려에게 이름 모를 단환을 먹였다.

산문에 있는 승려의 수는 모두 칠십여 명.

개중 십여 명은 승려들이었다. 검귀에 의해 상처를 입은 자들.

나머지는 전부 미리 대피를 했던 어린 동자승들이나 학승, 또는 불목하니들이었다. 그마저도 상당수가 피해를 입은 듯했다.

다행히 무성이 다 쓰러져 가는 전각에서 구했던 여인은 무사했다. 비교적 덜 다쳤는지 부상자들을 돕던 그녀는 무성을 발견하자 감사하다며 눈인사를 했다.

무성 역시 눈인사로 답을 하면서 간독에게 말했다.

"아무리 숭산이 넓다고 해도 이렇게 많은 환자들을 먹일 약초를 단시간에 구하지는 못해. 어쩔 수 없어. 데리고 내려가자."

"부상자들을 억지로 데리고 내려가다가는 자칫 위험해질 수도 있다!"

"하지만 방법이 없잖아?"

"이런! 제기랄! 이래서 끼기 싫었던 건데!"

간독은 욕지거리를 내뱉었다.

승려들에 대한 원한이 아니다.

아무런 대처도 제대로 하지 못하는 나약하고 무능한 자신의 모습에 대한 분노였다.

"저와 남은 나한 몇몇이 그나마 몸을 움직일 수 있습니다. 불목하니와 학승들 역시 무공은 몰라도 매일 같이 산을 오르내리니 환자들을 데리고 내려갈 수 있을 정도는 됩니다."

법승이 조심스레 나서자, 무성은 고개를 끄덕였다.

"그럼 그렇게 하도록 하죠."

걸을 수 있는 환자들은 부목을 만들어 움직이도록 하고, 비교적 덜 다친 환자들은 중상자들을 업었다. 간독과 남소유는 가장 큰 상처를 입은 이들을 안았다.

무성은 잠시간 법승이 홍선 대사를 업는 것을 지켜보았다.

'방장.'

남소유 사제지간을 강제로 찢었던 이. 무성이 경내를 시끄럽게 하는 동안에도 모습 한 번 비추지 않던 이. 결국 이런 참사까지 부른 이다.

그러다 남소유를 다시 받아들이면서 오해를 푸는가 했지만, 이젠 또 다른 의문이 고개를 치켜든다.

'이번 일, 과연 이 사람은 전혀 관련이 없을까?'

북궁검가가 그리 쉽게 연화옥진을 설치했을 리 없다.

대형 진법을 구성하는 데는 상당한 시간과 자금이 소요되니까. 다른 승려들의 눈을 피할 순 없다.

더군다나 홍선 대사는 심안, 혹은 타심통(他心通)이라고까지 불리는 영통안까지 소유했다.

그런데도 그가 몰랐다는 건 말이 되질 않는다.

어떤 방향으로든 홍선 대사의 묵인이 있었다는 뜻.

'대체 당신의 꿍꿍이가 뭐지?'

무성은 굳이 홍선 대사에 대한 의구심을 겉으로 언급하지는 않았다.

지금 같은 상황에서 혼란만 가중시켜 봤자 피해만 더 커질 테니.

자세한 것은 추후에 알아봐도 충분했다.

하지만 무성의 생각은 오래가지 못했다.

갑자기 산문으로 이어지는 계단을 따라 일단의 병력들이 올라오는 것이 아닌가!

단순히 허리춤에 칼을 찬 무부들이 아닌, 정식으로 창과 방패, 갑옷 따위로 중무장을 한 관부의 군병들. 족히 일천

명은 되어 보였다.

특히 선두에서 군병들을 안내하는 이는 낯이 익었다.

지국금강 홍개였다.

무성은 이미 법승에게 사대금강이 어찌 되었는지를 들었다.

분명 홍학과 함께 북궁대연을 상대했다고 들었건만.

어느 세월에 산문을 내려간 걸까?

"홍개 사백님께서 오셨다! 관부에 협조를 구하러 다녀오셨어!"

"다, 다행이다!"

홍개를 발견한 승려들은 하나같이 반색하며 그를 맞이하러 갔다.

하지만 무성은 자꾸만 불안감이 들었다.

일반 승려들도 모르게 설치된 연화옥진. 갑작스러운 북궁검가의 등장. 쑥대밭이 된 소림사. 혈겁이 겨우 끝나자 기다렸다는 듯이 나타난 군병들까지.

단순히 협조를 구하러 간 것 치고는 너무나 아귀가 딱딱 맞아떨어진다.

이상해도 너무 이상하다.

더군다나 처음 가졌던 의문까지 증폭되며 합쳐진다.

"법승 대사! 승려들을 뒤로 물리시오! 뭔가 이상하오!"

무성의 일갈에 법승이 뭐라고 말을 하려는 찰나, 홍개가 무성을 삿대질하며 소리쳤다.

"저기! 저기 있습니다! 감히 본사를 이 지경으로 만든 원흉이……!"

'함정이다!'

무성은 그제야 북궁검가의 새로운 노림수를 깨달았다.

소림사에 벌어진 혈겁의 모든 책임을 귀병가에 물으려는 것이다.

하지만 깨달음은 너무 늦었다.

홍개와 같이 따라왔던 일귀, 동창(東廠)의 첩형(貼刑)이자 금의위(錦衣衛)의 교위(校尉)이기도 한 나옥(羅沃)이 외쳤다.

"감히 폐하께서 국사로 임명하신 홍개 대사의 사문인 천 년 선종의 소림을 방화한 흉수이자, 친영군 주익 각하를 해한 범인들이다. 당장 추포하라!"

생각지도 못한 군부의 개입.

무성의 인상이 딱딱하게 굳었다.

〈다음 권에 계속〉